风雅和歌 春

春苑桃花红

はるのその

郑民钦——编著

中国出版集团　现代出版社

和歌的魅力

　　和歌作为日本民族的诗歌，是日本文学的主要形式之一，是日本韵文学最早的传统形式之一。从记纪歌谣的萌芽期至《万叶集》定型的这种诗歌形式历经了一千多年的历史。和歌又有多种形态，以五七五七七共五句三十一音的短歌为主，同时也包括长歌、旋头歌等，经过漫长历史的淘汰，短歌成为和歌的几乎唯一的特定形式。本书的和歌特指的是短歌。

　　所谓"和歌"，一般理解为"大和的歌"，即"日本的歌"。从和歌的诞生过程来看，和歌是生长在日本民族土壤的文学这一点无可置疑。它是日本历史、风土、政治、经济、社会、文化、宗教等在文学上的结晶，是日本民族性格的诗化。

　　和一切文学形式的诞生一样，和歌亦始于民间。它直接源头是歌谣。《古事记》和《日本书纪》所收录的歌谣合称"记纪歌谣"。记纪歌谣是和歌文学的萌芽时期。和歌的产生意味着定型诗的成立，从非定型的歌谣中脱胎出短歌形态。作为古代韵文的表现载体，七世纪中叶和歌形式已经完成。

从古代歌谣向万叶和歌发展的历史也就是从口头文艺向文字文艺发展的历史，这标志着诗歌显示出从集体性向个人性、平民性向贵族性的转移倾向。《万叶集》的出现标志着和歌这种日本民族文学形式的发展在奈良时代进入一个高峰，诞生了真正文学意义上的和歌。

《万叶集》成书于八世纪，年代、编者均不详，一说大伴家持为最后的编纂者之一。该书收有四世纪至八世纪四百多年间的长歌、短歌等四千五百多首，全部借用汉字依日语发音标记。按内容分为杂歌、相闻、挽歌三类。杂歌包括四季景物、行幸、游宴、旅行、酬和等题材；相闻指感情相递，多指男女恋歌；挽歌乃悼亡追思。作者从天皇至贩夫走卒，十分广泛。《万叶集》歌风雄浑豪放，质朴率真，以现实主义手法描绘日本古代社会，体现当时的社会理念和民族精神。《万叶集》作为日本最早的和歌集，如同《诗经》在我国文学史上的地位，熠熠生辉。

十世纪初成书的《古今集》是日本第一部敕选和歌集，有纪贯之作的假名序和纪淑望作的真名序，两序内容基本相同，论述和歌的起源、发展、本质、种类，品评歌人，提出审美标准等，是比较系统的和歌理论。两序之中，应该说假名序更能代表编者的思想，更能准确地反映当时主流歌坛对和歌本质的认识。纪贯之的序是第一篇用日文写的序。从《古今集》开始，至后花园天皇时代的《新续古今集》，共编纂二十一部敕撰和歌集，作为民族诗歌的和歌终于取代汉诗成为歌坛传统主流。纪贯之的假名序从起源、性质、题材、内容、风韵、构思、手法、语言、评论等方面对和歌进行比较深刻的阐述，建立起较为完整的和歌理论体系雏形。因为当时日本还没有先进的文学理论，所以歌论在许多方面借助我国的诗歌理论。

由于《古今集》的问世，重新振兴起来的和歌取代汉诗文，占据文坛。和歌不仅成为日常生活中极其平常的现象，而且也是贵族社会交际时表示风雅的必要工具。在此后约一百年间，和歌基本上延续《古今集》的风格，但有所发展，一直持续到《拾遗集》。这期间第二部敕选集《后撰和歌集》成书，其注重作品的自然情趣，开始出现和歌物语化的倾向，可以说构成日常生活的画卷。

欣赏和歌涉及整个文艺审美理念的问题。和歌在其长期发展过程中，形成比较复杂的独特的审美体系，在高度浓缩凝练的语言组合里，塑造某种形象或者形态，既反映一定的现实感性形象，又包含强烈的思想情感的各种审美意象，熔铸出一种意境幽远深邃的世界。

近世之前的日本文学理论几乎全部都是歌论，和歌美学在近世以前就已经形成体系，在中世文艺美学中得到完整的体现，最主要的特征是通过语言的力量追求高雅。然而进入町人社会以后，由于整个社会经济结构的改变，为适应町人文化需要而产生的俳谐以巨大的破坏力向传统和歌美学提出挑战，以近于卑俗的语言摧毁固有的"象牙之塔"的精神世界，其势之猛，甚至在一定程度上压倒和歌，受影响而创作俳谐的人数大大超过歌人。俳谐发展到松尾芭蕉的时代，才在继承和歌审美理念的基础上，创立自己的美学观，于是俳谐进入诗歌艺术的殿堂。

和歌美学自然是日本文艺美学的一个重要组成部分，涉及整个文艺审美理念的问题。美是艺术的根源性本质，以语言文字为符号的文学通过各种表现形式追求美的创造。

歧义性和多重性对欣赏和歌美造成一定的困难，同时也形成审美的多样性，可以审视随着时代的发展人们美学理念的变化，具有很大的挑战性和探险性。另外，近代以前的美学语言几乎都是日常生活用语，因此必须从中抽象出更高层次的审美理念。

作为文学作品的读者，一般通过对作品本身的意识活动感受美。读者在审美对象的直观形象诱导下进入一种观照状态时，便成为美的享受者。其审美感受与作者主要通过想象作用构成具象美的活动有所不同。当然，二者相辅相成，作者以对创作对象的想象活动获得美的形象的升华，读者以对美的形象的观照作用获得与作者创作体验同化的过程。作者创作美的形象时，融进了自己的自然观、人生观、世界观并渗透在作品的各种要素里，形成有机的统一，营造出一个体现其审美理念的世界。

和歌的审美虽然在其形成过程中借鉴、吸收了许多我国古代美学思想，从和歌文学产生的动机以及对和歌文学的自觉性意识的产生，到涵盖整个奈良、平安时代的和歌文学的发展过程以及歌论的变迁，在思想、形式、内容、语言等诸多范畴，都与中国文学（文化）有着千丝万缕的关系，但从本质上说，和歌美学是日本民族诗歌的审美体系。

和歌具有诗歌的一切特征，因此在高度浓缩精练的语言组合里，既反映一定的现实感性形象，又包含强烈的思想情感的各种审美意象，熔铸出一种意境幽深的世界，或者塑造某种形象，日本人以其独特的思考方法和语言表现追求民族文艺的精神美。

"あはれ"（哀）是日本传统诗歌的主要审美手段之一。按照《广辞苑》的解释，有"感慨、赞叹、爱情、同情、人情、情趣、怜悯、感伤、悲哀、愁绪"等多种含义。古代的"哀"是朴素的爱的表现，这种爱可以是赞叹、喜悦、共鸣、同情、怜悯、哀伤等多种发自心灵感动的形式。"あはれ"是内心感动发出的声音，是一种真情的流露。这种感动既可以是个人情感的表达，也可以是包括对民族性、国民性的共同情感的表达。从这层意义上说，诗歌发自这种集体性的感动，没有"あはれ"的感动就不存在日本的诗歌，因此"あはれ"是日本美学的感觉的母体。这牵涉到诗歌的根源性问题。

《古今集》中有一首佚名的和歌"我思香比色更哀，谁拂衣袖屋前梅"，"香比色更哀"，不是一般人共同的感觉，而是"我思"，带有强烈的主观性，在这个自我感觉的层次上想象"哀"的世界，对色和香进行比较，构成一种抽象的微妙的情趣，有一种观念性的透明感。素性法师吟咏"蟋蟀夕阳鸣瞿麦"，发现夕阳、蟋蟀鸣叫、瞿麦的三者结合产生"哀"的感觉。这也是"唯我"的主观感受。

《源氏物语》使用"哀"有一千多处，物语所表现的"哀"的情趣都是以和歌的抒情为基础，表现对不同季节的感受，"哀"依不同的情况，可以表达各种各样复杂微妙的心情。

后来，"あはれ"逐渐与其他词语相结合，产生"もののあはれ"（物哀）这个词。"物"是引发"哀"的感情的对象，"物哀"的"哀"依附于"物"，"物"赋予"哀"一种具体的存在性，使"哀"不再具有比较强烈的朦胧情趣。"物"存在于现实世界，是感知的对象。"哀"是感动的表现。"物哀"的"哀"就是物化的哀,"物"追求与其相适应的"哀","物哀"的感觉则主要是平安朝的文学观和审美意识。"哀"也与其他美的要素结合成幽玄、优艳、妖艳、闲寂等复合美。从平安时代中期开始,"哀"成为审美的一个重要内容,"哀"与"物哀"的含义可以说是平安文学美的核心。

近世的国学家本居宣长(1730—1801)在文艺学领域的"歌学"部分,以物感于心作为判断和歌文学的基准,通过对《源氏物语》以及和歌的"物哀"的分析,阐述文学的本质,以物哀相通歌论和物语论。宣长歌论的思想基础是神道,文学体系的核心是物哀,强调朴素的语言表现真诚的感情。和歌是"物哀的表现","物哀"的"物"指天地万物,包括人;"哀"指人的感情。(本居宣长《石上私淑言》)本居宣长文学审美观的核心是"物哀",坚持认为传统美才是日本民族文学的本质。他建立起系统的和歌"物哀"美学体系。

和歌讲求风体,"风体"指的是歌风和歌体。歌体即是短歌、长歌、旋头歌这样的形态,歌风即是万叶风、古今风这样的风格。歌体的形态不会变化,歌风则流动变化。"风"在和歌里与"调"相近,于是也称为万叶调、古今调。一般地说,万叶风的调强劲有力,古今风的调优美柔和,新古今风的调静寂闲淡。当然,风、调因人而异,体现歌人的个性。

和歌审美的另一个范畴是音调、节奏、韵律的欣赏。和歌五句三十一音的固定音数律决定着定型诗的本质，产生音韵与节奏的美学。和歌通过上下句的接续形成和谐、连续的音乐性，就是说，音乐的连续美和音乐的和谐美存在或者并存于和歌之中，这样就可以朗诵吟咏。

阅读和歌时，有时会碰到"歌枕"这个术语，到平安时代后期，"歌枕"一般指和歌的名胜或者某地的典故，是吟咏和歌时据以作为起兴典故的地名等。和歌本来是吟咏实景，景色美丽的地方被歌人争相吟咏，久而久之，该地就成为咏歌的"名胜"，呈现固定化的倾向，比原本的地名更富有生命内容，在日本人自然观的模式中成为观念性的符号。例如只要一提到樱花红叶，人们的脑子里自然而然地浮现出吉野和龙田，不论吟咏哪个地方的樱花红叶，吉野山、龙田川已经成为固定的观念铭刻在人们的脑子里。这是平安时代的歌人对待歌枕的基本态度，歌枕已经成为他们的固有文学形象。

由于日语每个音的发音时间大致相等，而且语调平缓，音调高低强弱的差别很不明显，几乎没有中文和欧洲语言那样抑扬顿挫的语感，显得单调，为了使日语的音节产生美感，只能采取在一定的节拍停顿，通过一拍左右的时间空白，形成有规则的节奏感。这种审美规范延续至今，没有别的任何一种新规范可以取代，于是成为短歌的审美传统。

我国介绍和歌当追溯到明朝中叶，《日本风土记》在《歌谣》一章中介绍日本的文艺，其中翻译有《古今集》《新古今集》中的大约四十首和歌，翻译还比较准确流畅。但后来几乎无人译介，一直到二十世纪七十年代后期，我国学者才开始真正重视和歌的翻译。

我国读者欣赏和歌，绝大多数只能通过译文理解。然而，无论多么高明的翻译家，翻译诗歌都不可能保留原诗的民族文艺特性，尤其无法重现抽象的音乐要素。翻译和歌，对其音数、枕词、叠句、对句、格助词、节奏、缘语、挂词等独特的表现手法，往往无法找到贴切准确的对应词语。另外，翻译也破坏了对和歌"句切"（类似"断句"）形成不同的律动感的感受，无法再现这种诗体特征。例如纪贯之的"さくら花ちりぬる風のなごりには水なきそらに波ぞ立ちける"，拙译为"忍见落红乱，云边茜影欺。蓝天本无水，轻风弄涟漪"，但原诗的三十一音中使用九个格助词，上下呼应，音韵协调，一气呵成，对表现作者的细腻心情和烘托流动的环境气氛起到重要作用，翻译就无法表现出来。至于翻译的形式问题，我在《风雅俳句系列》的序言《俳句的魅力》中已经做过说明，不再赘述。

本书所收录的是近代以前的和歌（短歌）名作，编排方式不分题材，以人为序，人以年次，作者第一次出现时附以简介。和歌没有季语，所以有的和歌并没有明显的季节感，但仍按勒撰和歌集的四季分类形式编排，以便读者阅读。

本书的编写参考了佐佐木信纲、久曾神升等《日本歌学大系》、大冈信《四季之歌》、竹冈正夫《古今和歌集全评释》、窪田章一郎校注《古今和歌集》等有关书籍。本书曾由其他出版社出版，此次承蒙现代出版社的朱文婷女士的诚挚相邀，予以增添修改，并配以适当图片，由该社出版，谨致以衷心的感谢。鉴于编者水平，难免舛误，敬请方家指正。

郑民钦

2019 年 1 月改定

目　录

1

も　なりまさるかな

54　在原業平

世の中に　たえて桜の　なかりせば　春の心は　のどけからまし

56　在原業平

桜花　散り交ひ曇れ　老いらくの　来むといふなる　道まがふがに

58　光孝天皇

君がため　春の野に出でて　若菜摘む　わが衣手に　雪は降りつつ

60　素性法師

みわたせば　柳桜を　こきまぜて　都ぞ春の　錦なりける

62　凡河内躬恒

やみがくれ　岩間を分けて　行水の　声さへ花の　香にぞしみける

64　壬生忠岑

有明の　つれなく見えし　別れより　暁ばかり　憂きものはなし

66　壬生忠岑

ぬるがうちに　見るをのみやは　夢といはむ　儚き世をも　うつつとはみず

68　佚名

色よりも　香こそあはれと　思ほゆれ　誰が袖ふれし　宿の梅ぞも

70 纪友则

君ならで 誰にか見せむ 梅の花 色をも香をも しる人
ぞしる

72 纪友则

ひさかたの 光のどけき 春の日に しづ心なく 花の散
るらむ

74 纪友则

ふるさとは 見しごともあらず をののえ くちし所
ぞ 恋しかりけ

76 纪贯之

さくら花 ちりぬる風の なごりには 水なきそらに 波
ぞ立ちける

80 纪贯之

わがせこが 衣春雨 ふるごとに 野べの緑ぞ いろまさ
りける

82 纪贯之

袖ひぢて むすびし水の こぼれるを 春立つけふの 風
やとくらむ

84 纪贯之

人はいさ 心も知らず ふるさとは 花ぞ昔の 香に匂ひ
ける

86 清少纳言

夜をこめて 鳥のそら音は はかるとも よに逢坂の 関
は許さじ

圣德太子

家にあらば　妹が手まかむ　草枕　旅に臥せる　この旅人あはれ

何不居家倚玉臂，
直怜羁旅卧草枕。

圣德太子（574—622）

用明天皇的次子，在其摄政时代（593—621），派遣遣隋使，推动中日政治交流，积极摄取中国文化，取法隋唐政治，制定冠位十二阶、《十七条宪法》，大力弘扬佛教，并吸收儒、佛乃至法家的思想，和神道融洽地结合在一起，在佛教的精神基础上，建立以天皇为中心的中央集权国家体制。皈依佛教，建造四天王寺、法隆寺等。

★ 赏析

此歌题为《上宫圣德皇子出游竹原井之时，见龙田山之死者，悲伤作御歌》。圣德太子巡幸奈良龙田山，见路毙者，哀而作歌，表达对死者的怜悯悲伤之情。在家里可以枕着爱妻的玉臂，生活安逸舒适，为什么要出门旅行，如此倒毙于荒山乱草之中呢？多么可怜的行旅啊！《日本书纪》也收有圣德太子类似的歌谣，明确指出路毙的是旅行者，说明古代旅途的艰辛。

《古今集》真名序对圣德太子作品的评论："事关神异，或兴入幽玄。"通过"神异"的题材和"兴"的情趣达到"幽玄"之意境，这里的"幽玄"带着佛教传说色彩，具有"超俗、神秘"之意。古代的文学艺术往往是表现对神与人关系的纠葛的理解，对文学作品的价值判断，归根结底是判断对神的体现化的程度，其形式也受到传统模式的制约，理念与语言自然不可避免地带着神灵的作用。

佚
名

<ruby>恨<rt>うら</rt></ruby>むとも　<ruby>恋<rt>こ</rt></ruby>ふともいかが　<ruby>雲井<rt>くもい</rt></ruby>より　<ruby>遥<rt>はる</rt></ruby>けき<ruby>人<rt>ひと</rt></ruby>を　そらに<ruby>知<rt>し</rt></ruby>るべき

恨也好，恋也好，
谁使奴家空断肠。
君在天边不可及，
未来遥遥不可期。

这是一首痛斥喜新厌旧的男人的长歌中的短歌。作者是被抛弃的女性。长歌痛斥朝三暮四的男人品质的卑劣，嬉笑怒骂，痛快淋漓，但最后也带着自我反省的情绪：谁让自己对薄幸的男人还如此一片痴心呢？没有及时悔悟，这都是自找的啊！爱恨相交，自怨自艾。和歌语言生动朴素，如泣如诉，坦率地表白自己的心情，不假雕饰，白描传神。倾诉爱情热烈直率，袒露出跌宕起伏的爱恨情感。

《万叶集》收入的作品中，有名有姓的作者的作品只占《万叶集》全部歌数的一半多一点，其余的2103首即差不多一半的作品都是佚名。

佚名（东歌）

恋しけば　来ませ我が背子　垣内柳　末摘み枯らし　我
立ち待たむ

如此爱恋我，
快快来相会。
伫立盼君来，
手摘柳叶梢。
可怜墙内柳，
因此渐枯萎。

选自《万叶集》第十四卷《相闻》。这是女性赠送恋人的和歌。"墙内柳"是生长在院子里的柳树。手摘柳叶梢，柳树渐枯萎，表现作者望眼欲穿、急不可待的心情。既然如此爱恋我，那就快来吧。我一直站在柳树下，一边摘着柳叶，一边焦急热切地等待着你，使柳树都枯萎了。"可怜墙内柳，因此渐枯萎"的夸张手法具有令人惊叹的新鲜感。

《万叶集》的作品大体上可以分为以东国为中心的"东歌"和"防人歌"两大类。所谓"东歌"，就是居住在东国地区的人们创作的和歌，也包括东国地区的民谣。东国一般指东起陆奥，西至骏河、远江的地区。《万叶集》里的东歌有的明确注明地区名称，如陆奥、上野、下野、相模、常陆、武藏、信浓等，有的没有注明地区。东歌大多使用当地方言，主要是恋歌，以感情纯真、语言质朴、不事雕琢在《万叶集》里独放异彩，有感即抒，兴来发歌，朴素健康，体现民间和歌的真实原貌。

士兵之妻

防人に　行くは誰が背と　問ふ人を　見るが羨しさ　物思ひもせず

身后有人问：
何人去戍边？
回首见问者，
无忧真堪羡。

✳赏析

此为"防人歌",是戍边士兵的诗歌。"凡兵士向京者名卫士守边者名防人",可见是镇守边关的士兵。"防人"始于大化改新以后,凡二十岁至六十岁的男子均被征入伍,三年一换,主要派遣到九州和东国的边境地区。这些士兵远离家乡,离别父母,抛妻却子,担负着繁重的任务,饱经风霜,艰辛服役。他们作品的内容有与父母别离、思妻恋乡、妻子思夫等。

《万叶集》所收的"防人歌"分别来自江户、相模、骏河、上总、下总、常陆、上野、下野、信浓、武藏等地区,多诉说艰辛,思乡恋家,盼望早归,也有流露消极不满的情绪,情真意切,粗犷率诚,洋溢着浓郁的泥土气息和对生活的眷恋感,但大多最后归结到奉侍天皇守边关的精神,明显地体现出评选者大伴家持的思想倾向。透过这些民间作品,可以了解当时人民的生活、劳动和疾苦。

这一首是戍边士兵的妻子的和歌。男子被征兵后,穷苦人家往往失去重要劳动力,家庭没有了支柱,实在苦不堪言。在送行亲人当兵的人群中,没有被征兵的家属却轻松地问道:"谁家的男子去守边疆呀?"这种事不关己、不知忧虑的生活真令人羡慕。征夫的妻子发出无奈的悲叹。

大伴旅人

わが園に　梅の花散る　ひさかたの　天より雪の　流
れ来るかも

我园梅花乱飘落，
犹如天上流雪来。

大伴旅人（665—731）

大伴家持之父，在朝廷为官，历任九州大宰帅、大纳言等。《万叶集》
里收有其长短歌七十余首，尤擅短歌。大伴旅人在九州把众多和歌作
者集结在自己周围，与山上忆良等形成以大宰府为中心的筑紫歌坛，
可见当时九州和歌的盛况。他的作品在清澈平淡的流水般韵律里寄托
心灵的悒郁和悲哀，以老庄思想对人生进行理性的观照和批判。

*赏析

　　旅人在九州任大宰帅时，曾在太宰府举行梅花宴，三十多人聚集一堂，以梅花为题，各赋一首，共得三十二首，结题为《大宰帅大伴卿宅宴梅花歌三十二首并序》。序云："于时，初春令月，气淑风和，梅披镜前之粉，兰薰佩后之香。加以曙岭移云，松挂萝而倾盖，夕岫结雾，鸟对縠而迷林。庭舞新蝶，空归故雁。于是盖天坐地，促膝飞觞。忘言一室之里，开衿烟霞之外。淡然自放，快然自足。若非翰苑，何以摅清。请纪落梅之篇。古今夫何异矣。宜赋园梅聊成短咏。"这篇序文采用当时宫廷流行的中国六朝以四六句为主的骈俪体，行文流畅、对仗工整，从文脉、结构、词语来看，显然模仿王羲之的《兰亭集序》。这些和歌是个人分别吟咏，记录下来，并没有经过某人的评判，从其内容来看，大多赞美景色，向往奈良，思乡怀妻，抒发感怀。其他人吟咏的如"正月过后春来临，招宴赏梅乐无穷。"（大弐①纪卿）"春来先绽庭前梅，独赏渐送春日暮。"（山上忆良）"青柳梅花折插头，尽兴饮后散亦足。"（笠沙弥）"梅花飘落不胜惜，我苑竹林黄莺啼。"（少监阿氏奥岛）"春野雾笼疑飞雪，原是梅花纷纷落。"（筑前目氏真上）等。

_____

① 日语汉字。

大伴坂上郎女

愛しと　我が思ふ心　早川の　塞きに塞くとも　なほや崩えなむ

思君何俊秀，
心潮如激流。
堵塞终无计，
崩溃不可收。

大伴坂上郎女（生卒年不详）

万叶天平时期的代表性女歌人。大伴旅人的异母妹，初嫁穗积皇子，穗积殁后，先后改嫁藤原麻吕、异母兄宿奈麻吕。她是大伴家持的姑母，但家持又娶其女为妻，故其又为家持的岳母。她的和歌表现一生的情感，其歌风被柿本人麻吕继承发展，在她之后大约六十年间没有出现专业女歌人。她的长歌、短歌、抒情歌、叙景歌、思想歌都不同

凡响，感情热烈，注重技巧，风情缱绻，经常在奔放的感情中诉诸理
性。《万叶集》中收录她的作品八十四首，多是闺妇思情之作，其中
七十五首是她四十岁以后创作的恋歌。

＊赏析

作者表达对恋人的爱慕之心：多么俊美的人儿啊，使我心潮澎湃如湍急的流水，实在无法控制自己，堵塞的堤坝终归要崩溃，只好尽情思念吧。在万叶女歌人中，坂上郎女的印象似乎最善于掌握感性与理性的平衡，但从她的爱情和歌看，其实具有强烈的感情，以哀婉的象征抒情形式营造纯粹的艺术世界。她的长歌、短歌、叙景歌以娴熟的技巧描绘出一个风情万种又多愁善感的闺妇形象，奔放而缱绻，热烈而理性。

大伴家持

わが屋戸の いささ群竹 吹く風の 音のかそけ
き この夕かも

春野霞暧逮，

如此夕影听莺鸣，

无端生悲情。

大伴家持（718？—785）

《万叶集》后期的代表性歌人。大伴旅人之子，少年时随父在九州，受筑紫歌坛的熏陶，后在姑母大伴坂上郎女的指导下学习和歌，继承其父舒展流畅的歌风，又深得汉学修养。仕途不顺，卷入政治斗争，几起几落，心情忧郁，其和歌在秾丽艳美的外表下掩藏着辛酸孤独，诉说着"无可奈何花落去"的失落和凄凉，也是整个贵族社会走向没落的心态反映。家持一生跌宕起伏，从无忧无虑青云直上的贵族公子随着政坛的风云变幻最后衰颓没落，充满悲剧色彩，他的歌风也从飘

逸着绮罗香泽变得凄迷悲郁。家持优艳纤细的歌风不仅是他个人的文学风格，也代表了万叶后期的风格，预示着奈良朝向平安朝贵族和歌转变的先声。从这个意义上说，大伴家持是一个时代的歌人。一般认为，他是《万叶集》的最后编纂者。

这首和歌和"风动我家小竹丛，窃窃细语晚景暮""春日艳阳天，云雀欢唱入云端，我却独伤悲"，都是家持的代表作，流露出的悱恻情怀透射出时代的荫翳。因为家持在天平十八年（746）赴任越中国守，五年后回到京都，觉察到政局的变化，孝谦天皇即位后，光明皇后与藤原仲麻吕结为一体，权倾天下，而家持的后台左大臣橘诸兄日益失势。家持深感形势严峻和自己维护大伴家族的重大责任，郁闷忧愁，却又无能为力，只是暗地里哀叹命运的乖塞。这三首和歌正是这种情绪的流露，通过叙景与抒情的完美结合，形成优艳柔弱的美。家持的创作手法大体也是先叙景后抒情，从第三句开始渗入主观感受，自然景物本身就成为他的心情表现。这里不仅仅是单纯的伤春，而是渗透着对时事的忧愁。这样表达天平时代贵族吟咏暮春的幽微愁绪的歌风在《万叶集》与《古今集》之间起到承上启下的作用。

大伴家持

うらうらに　照れる春日に　雲雀あがり　情悲しも　独
りしおもへば

春日艳阳天，
云雀欢唱入云端，
我却独伤悲。

*赏析

　　面对阳光晴朗、云雀鸣唱的春末夏初的美好景色。作者的心情并不愉快，春光明媚的大自然，这时在他的眼睛里，则是花鸟带愁、山川含恨，满腔愁绪，孤寂断魂。这自然是对客观景物的主观化感受，由于政治斗争的形势严峻，一切景物都显得伤心惨目。这首和歌的汉文跋云："春日迟迟，鸽鹏正啼，凄惘之意非歌难拔耳。仍作此歌，式展缔绪。"显然是模仿《诗经·小雅·鹿鸣之什·出车》中"春日迟迟，卉木萋萋，仓庚喈喈，采蘩祁祁"的诗句。《诗经·国风·豳风·七月》云："春日迟迟，采蘩祁祁，女心伤悲，殆及公子同归。"但是家持并非表现"情恋""独思"，而是对人的生存悲哀的一种体验，对孤独的感受，渗透着对时事的忧愁和对自己命运的黯然神伤。

　　家持从越中守离任回到京城，卷入政治斗争，深感严峻的形势对自己和家族都十分不利，但一时没有想出制胜对手的方法，心情抑郁，闷闷不乐。在他的眼睛里，同样是大自然的景色，这时却是花鸟带愁、山川含恨。暮春听小鸟啾啾，不觉中心悲哀，遂作歌解忧。

　　此外还有这样吟咏春天的作品："春野落霞芳草暮，残阳莺啼亦堪悲。""吾庐修篁绿几许，向晚清风送幽韵。"这些都是家持的代表作，不仅仅是单纯的伤春，更是渗透着对时事的忧愁。

山本健吉在《大伴家持》一书中认为："这是家持的绝唱。这首和歌的意境，前无古人，后无来者，至他成为绝响。西行、心敬、芭蕉等遁世者似乎可以观念性地理解他的心境。……只有他到达人所存在的悲哀的最深境界。"

大伴家持

春苑桃花红，
缭乱照眼花下路，
少女立婷婷。

＊赏析

　　这是家持在越中任国守的和歌。从国都来到偏僻之地，顿觉寂寥，只好寄情山水，在府厅种植花草，吟咏风花雪月。但是，异乡风土景色的清新感使他的和歌臻于成熟。在乡间自然的风土里交织进恬适妩媚的风雅，歌风更加艳美甘醇、纤细柔绮，充满明媚疏朗的色光。笔下的花草丰饶清柔，少女轻盈娇媚、清隽纤柔，洋溢着丰饶青春的诗情。其他如"我家庭院铺残雪，可是李华落芳菲？""汲水众女子，溅湿寺院井台上，坚香子草花。"这样的景物描写显示作者心情的愉悦，从大自然中发现美，再诱发出对人的思念，寄托各种情感，唱出诗人的感伤悱恻的情怀，形成天平时期和歌优雅的恋情风格。

笠女郎

水鳥の　鴨の羽色の　春山の　おほつかなくも　思ほ
ゆるかも

野鸭毛色似春山，
朦胧犹如君心间。

笠女郎（生卒年不详）

奈良时代中期歌人。《万叶集》中收有其短歌二十九首，都是赠送给年
轻时期的大伴家持的。歌风纤细优美，情意深长。可能是家持身边的
一位擅长爱情和歌的才媛。

对爱情的追求显得大胆奔放，她以赠给大伴家持的恋歌著称，在《万叶集》里其他众多女性给大伴家持的恋歌中独占鳌头。

春天的山岭呈现出水里野鸭羽毛般的深绿色，但由于霞光笼罩，显得朦胧浅淡。你的态度也含糊暧昧，令人难以相信。作者通过春天难以言状的迷蒙山色表现自己无法确切捕捉的不安情绪。和歌的比喻具有无与伦比的新鲜感，这种象征手法使抒情歌的世界更具艺术性。

柿本人麻吕

淡海の海　夕波千鳥　汝が鳴けば　情もしのに　古思ほゆ

淡海之海，
千鸟啼夕波；
此心堪哀，
索寞思故国。

柿本人麻吕（生卒年不详）

飞鸟时代的歌人。万叶黄金时期的白凤时代的歌坛巨匠，《万叶集》中当之无愧的最具代表性的抒情歌人。他最早具有专业歌人文学创作的自我意识，和歌经过他才华横溢的妙手，达到臻于完美的文学形态。叙事歌、叙景歌进入抒情歌以后，人麻吕开拓出圆熟的境界，创造出真正的抒情短歌。他作为御用歌人，奉侍天武、持统、文武三朝天

皇、皇太子，奉命或代笔创作很多长歌，完成了长歌形式，并且以庄重沉郁、绚丽华彩的歌风把长歌的文学性推向顶峰，使后来者无出其右。他的长歌实质上是具有抒情性的思想歌。从内容上说，他的挽歌、羁旅歌、叙景歌、恋情歌等抒情歌更能充分体现他的艺术成就。无论是神话传说，还是吟咏自然，或者人事题材，他都能把人化在物里，把意融在景里，物我一体，境象结合，抒发真挚浑朴的感情，感叹人生际遇，读来如行云舒卷，流水无痕。从而把短歌提高到"诗歌"的文学高度，第一次显示出日本诗歌的真正圆熟，不仅开创了万叶时代的黄金时期，也开拓出绵延后来数百年的抒情短歌的道路，所以被日本人尊崇为"歌圣"。

✱赏析：

"淡海之海"，即琵琶湖。"夕波千鸟"是人麻吕的造语。黄昏时分，群鸟在碧波上鸣叫飞翔，快乐嬉戏。近江大津是天智天皇建都之地，毁于壬申之乱。人麻吕到近江凭吊故都。他站在海边，面对大自然的景象，思绪飞扬，仿佛看到业已荒芜的废都，于是缅怀昔日近江朝的繁华。铜驼荆棘，流水落花春去也，见景思情，怀古念今，不胜悲戚。这种寓情于景、情景交融的感慨强烈表现出人麻吕和歌的抒情特色，而且此歌声调优美，节奏流畅，不愧是《万叶集》的名歌之一。

人麻吕在这首和歌里发思古之忧情，他还有一首《过近江荒都》。天智天皇六年（667）由大和迁都近江大津，天武天皇二年（674）还都大和，近江遂成废都。人麻吕站在近江大津宫殿废墟前，对天智王朝的灭亡发出感叹。新天皇即位后，往往迁都，旧都便成废都，自然会勾起朝廷旧臣的留恋和感伤。人麻吕是宫廷御用歌人，创作许多宣扬神道的长歌，此歌的前半部分也是赞颂皇统继承的正统，但当他面对眼前"天皇神居此，而今何在哉。闻此为宫阙，言此为大殿。春草茂密生，春霞雾迷蒙"的衰微破败的景象时，尽管对当年天智天皇迁都近江的举动表现出一定程度的不理解，不由得发出"圣虑难揣度，何以迁都城。来此僻壤地，新筑大津官"的疑问，但还是认为"天皇必神断"，表现出敬畏的情绪，也表达出自己的孤独。从整首和歌的构思、内容来看，"观殿心生悲"，最后抒发人生无常的感慨，应该属于悲叹江山残破的"哀伤"类型的诗歌。

人麻吕的文学精髓真正表现在短歌创作上，使日本诗歌第一次显示出高度的成熟，其歌风浑厚凝重，具有悲剧的力量。可以说，他是《万叶集》创作手法的集大成者。

柿本人麻呂

春されば　しだり柳の　とををにも　妹は心に　乗り
にけるかも

章台柳青青，
婀娜临风春色新。
依依恋君心。

春天来临，垂柳轻柔弯曲，随风摇曳。我的心也如柳丝荡漾，勾住我的爱妻。同样是表现对心爱的人思念之情的如"苍翠黑发山，廉纤春雨湿菅茅，不尽情丝长"，则起于景而结于情，写景抒情，最后化为思念心上人的心像风景。此歌通过主客体氛围的融合真切地表现现实情感，也可以说是一首叙景歌，叙景歌是开拓真正的抒情歌的前提。

柿本人麻呂

<ruby>新<rt>にひ</rt></ruby>室の　<ruby>壁草<rt>かべくさ</rt></ruby><ruby>刈<rt>か</rt></ruby>りに　いましたまはね　<ruby>草<rt>くさ</rt></ruby>のごと　<ruby>寄<rt>よ</rt></ruby>り<ruby>合<rt>あ</rt></ruby>ふ<ruby>処女<rt>をとめ</rt></ruby>は　<ruby>君<rt>きみ</rt></ruby>がまにまに

新房抹草壁，
请君帮割草。
少女如嫩草，
温柔任君挑。

古代盖房用草和泥抹墙壁，称为"草壁"。这首和歌意思是说请你来帮我割草，准备抹草壁，如果有如嫩草般温柔新嫩的姑娘，那正合你的心意。在这里，请对方帮忙割草只是一种借口，实际上是想让小伙子成为自己的女婿。不过，也有人认为这只是一首主人为庆祝新居落成向客人致意的和歌。如果照此理解，美好生动的内容就变成礼节性的形式。

柿本人麻吕

足曳の　山鳥の尾の　しだり尾の　ながながし夜を　独かも寝む

夜长犹如鹞雉尾，
可怜独自难入眠。

＊赏析

　　鹞雉鸟，属雉科，栖息于山林，翼长二十三厘米，尾长可达一米。雄鸟全身呈红铜色。据说此鸟雌雄夜晚隔着山峰睡觉，所以和歌自古以此比喻"独眠"。此歌以鹞雉鸟下垂的长尾巴比喻长夜漫漫，表现作者思念恋人的焦切难耐的心情。

佚
名

<ruby>春日野<rt>かすがの</rt></ruby>は　<ruby>今日<rt>けふ</rt></ruby>はな<ruby>焼<rt>や</rt></ruby>きそ　<ruby>若草<rt>わかくさ</rt></ruby>の　つまもこもれり　<ruby>我<rt>われ</rt></ruby>もこもれり

今日莫烧春日野，
我与妻藏青草中。

春日野，奈良市东面的春日山的山麓。入春以后，当时有在郊外原野烧草的习惯，既可以杀虫卵，草木灰又可以作为肥料，有助于嫩草的生长。原野对于当时人们的生活具有重要的意义，甚至派人专门管理。另外，按照古老的风俗，春天来临时，男女青年就聚集在原野里，一方面祈祷今年的农作物丰收，同时也谈情说爱。这首和歌是说一对年轻的夫妇到春天的原野里游玩，躲在草丛中的时候，看见远处升起烧野草的烟火，于是感叹咏之。

佚
名

うちわたす　をちかた人に　もの申すわれ　そのそこ
に　白くさけるは　なにの花ぞも

放眼借问远处人，
那边白花是何花？

此为旋头歌，意思平白，但"远处人"回答说："春来原野时，先开看不厌。若无馈赠品，岂能告花名？"春天一来，这花最先在原野里开放，可爱的白花令人百看不厌。要想知道这花叫什么名字，没有馈赠品怎么能告诉你呢？显然，"远处人"把这首问歌理解为恋歌，认为"花"是对女性的比喻，那么这个答歌人就是年轻的女性。古时候，女性不轻易将自己的名字告诉男性，一般是在应承对方求婚的情况下才告诉的。"馈赠品"，一般认为指的是托人求婚的表示。

小野小町

花の色は　うつりにけりな　いたづらに　わが身世に
ふる　ながめせしまに

花色渐褪尽，
此身徒然过俗世，
长雨下不停。

小野小町（生卒年不详）

平安初期的女歌人。其经历不详，似为薄命佳人。她的和歌可以说是
女性在恋爱过程中各种体验和心态的描述，通过比喻、典故、民俗、
信仰等比较复杂的手法表现这种情感，大量使用衬词、双关语，以具象
与抽象形象的重叠构成多重的心像世界，开平安时代女性文学之先河。

　　这首著名的和歌有多种不同解释，至今尚无定论。一般认为作者以花自喻，据说她是绝色美女。"花色"既是樱花的颜色，也指自己的容貌。花容月貌也难免人老色衰，以色事人，色衰情尽。"徒然"表示鲜花盛开时无人欣赏，纵有艳压群芳之姿，"俗世"无眼，徒然在世。"长雨"与"长咏""凝视"谐音，指作者对自己身世的凝视，同时也暗示涕泪如雨。此歌以恋爱为主题，"徒然"暗含在青春岁月里没有遇见能够欣赏自己的知音，如今已是明日黄花，最终难逃始乱终弃的命运，不由得哀叹身世的可怜和无奈。

小野小町

あはれなり　わが身のはてや　あさ緑　つひには野べ
の　霞　と思へば

人生几悲怜，
恰似原野萌新绿，
残霞夕烟散。

＊赏析

　　"原野""残霞"一般指火葬死者的缭绕浓烟，小町感叹
人生无常，饱含忧愁，以"残霞夕烟"的春愁寄寓对人生短
暂的喟叹，死后的魂灵随着青烟飘到天外，进入净土世界。

小
野
篁

わたの原　八十島かけて　漕ぎ出でぬ　と人には告げ
よ　海人の釣船

漁舟垂钓客，
请告京都人：
我已出海去，
驶向诸岛行。

小野篁（802—853）

平安时代首屈一指的汉学家、公卿，《古今集》时代第一期的代表性歌
人。承和元年（834）被任命为遣唐副使，但因与大使藤原常嗣有隙，
称病不去，承和六年（839）被流放隐岐，翌年回京。官至从三位等
职。其和歌收在《古今集》《新古今集》《玉叶和歌集》等敕选集里。

此歌题记云："流放隐岐国之时，托告京都之人云已乘舟出行。"小野篁曾被任命为遣唐副使，但因与大使藤原常嗣不和，称病不去，并作《西道谣》抱怨遣唐使这门差事。嵯峨上皇大怒，于承和六年（839）春将其流放隐岐。这是他上路时的吟咏。请垂钓的渔民们转告京都的亲人们，就说我已经乘船出海了，朝着散落前方的许多小岛驶向隐岐。此歌没有被流放者常有的孤独和悲凉，反显出坦然豪爽的气势。

在
原
业
平

月やあらぬ　春やむかしの　春ならぬ　我が身ひとつ
は　もとの身にして

月非昔时月，
春非昔时春，
唯有此身昔时身。

在原业平（825—880）

平安初期至前期代表性歌人。平城天皇的第一皇子阿保亲王之子，官
至藏人头，未能飞黄腾达，却擅长和歌。他能得心应手地调动一切语
言要素，为表现热烈奔放、细腻丰富的感情和塑造余韵丰饶、朦胧多
重的形象服务，建构起《万叶集》所没有的超脱现实的观念世界。

❉ 赏析

　　这是业平的代表作之一。他与权门贵族藤原家的女儿私通，但对方身为贵妃，难以接近。他于夜间来到两人曾经幽会的地方，在月光下徘徊思念，回忆绵绵情意，不由哀伤难禁，吟咏抒怀。自己还是过去的自己，没有变化，可是眺望的月亮和春天怎么不是过去那个样子呢？如水月光，如画春景，应该和过去没什么两样。之所以自己眼中的月色春景都和去年不一样，只是因为你不在身边，才觉得一切仿佛都变了样。只有我对你的感情还和过去一样，没有丝毫改变。这自然是诗人的心理感觉。其实月是昔时月，春是昔时春。

在
原
业
平

見ずもあらず　見もせぬ人の　こひしくは　あやなくけ
ふや　ながめくらさむ

并非未看见，
说见又未见，
一瞥生恋情，
终日苦思念。

✱赏析

在原业平一生风流，被称为"恋爱诗人"。他在看骑马射箭比赛时，忽然透过一辆女眷乘坐的车子的垂帘，隐隐约约看见里面坐着一位女子。只是这轻轻一瞥，似见非见，根本看不清楚对方的容貌体态，就顿生好感，勾起他的恋情。于是写这首和歌赠送给她，向她表示这种莫名其妙的情绪会使自己一天闷闷不乐。他连续使用三个否定态，把暗恋的心态刻画得十分细腻。对于业平的表白，车里女子的回答是："知我不知我，何必去判断。既然生恋情，以此解君心。"看来这是一个热情大胆的女子。

在
原
业
平

ねぬる夜の　夢をはかなみ　まどろめば　いやはかな
にも　なりまさるかな

昨夜似梦境，
假寐更觉心虚幻，
幽会本是梦。

★赏析

此歌题为《与人见后，翌日清晨咏而赠之》。显然是与情人共度春宵后清晨分别时的赠歌。昨夜一场春梦何等短暂，醒来后还想继续，然而打盹中发现这种感觉更加虚幻，梦中的幽会本身就是一场短暂的梦。业平将这种幽会比喻为一场梦。同样写与情人分别后的惆怅，如"非睡非醒到天明，长日对雨思惆怅"，与情人偷偷幽会后，念念不忘，夜不能寐，一直捱到天亮，然而今天又下了一天的雨，对着绵绵细雨，无限思恋，心绪愁闷。

在
原
业
平

世の中に　たえて桜の　なかりせば　春の心は　の
どけからまし

世上樱花倘绝迹，
春心何处慰孤寂？

＊赏析

　　他的恋歌善于细致入微地刻画多愁善感的微妙心态，自
我陶醉在虚幻的爱情感觉世界里，往往通过回忆过去美好的
恋情，理性地把握语言"心情性"的韵律感觉，深切细致地
表现心灵的苦闷。从本质上说，业平是一个"哀愁诗人"，
理智型的表现技巧里包含着强烈的感动魅力。

在原业平

桜花　散り交ひ曇れ　老いらくの　来むといふなる　道
まがふがに

櫻花乱落暗日影，
遮蔽不辨"老"来路。

✷赏析

　　此歌题记云："堀河之大臣四十之贺，于九条之家时吟咏。"贞观十七年（875），太政大臣藤原基经四十大寿。因其宅邸在堀河，故称"堀河之大臣"。"九条之家"，大概是基经的别宅。大家聚于此为他贺寿。在盛宴举行之际，绚烂美丽的樱花忽然纷纷飘落，满天飞舞的花瓣使得整个庭院黯淡下来，听说有一种叫作"老"的东西将会来临，那就请落花把"老"将要走来的路也铺满吧，让大家都分辨不出来。在贺寿的本应欢庆的场合，作者采用"老"的拟人化的手法，将"老"与"落花"联系在一起，势必产生"死"的意识幻想。不过即使在当时，四十岁也不算老年，所以作者有意识的联想是一种诗的幻影。

光孝天皇

君がため　春の野に出でて　若菜摘む　わが衣手
に　雪は降りつつ

为君采嫩菜，
来到春天原野上，
飘雪湿衣袖。

光孝天皇（830—887）

第五十八代天皇。仁明天皇的第三子。著有歌集《仁和御集》。

此歌题记云："仁和帝于亲王时赠人嫩菜之歌。"即光孝天皇即位之前的作品。嫩菜，其实是可以食用的嫩草，古人以为食之可以驱邪祛病。我特地到早春的原野上为你采摘嫩菜，衣袖还被飞雪打湿，请你收下这份情意吧。但不知此歌所赠何人。

素性法师

みわたせば　柳桜を　こきまぜて　都ぞ春の　錦
なりける

放眼柳樱抒错乱，
京都正是三春锦。

素性法师（？—910？）

平安时代前期至中期歌人。僧正遍昭之子，奉父命出家，仕宇多天
皇。三十六歌仙之一，古今集时代的重要歌人。他虽入佛门，歌风却
无佛教之黯淡气氛，明朗欢乐，依然享受世俗的风流生活。其作品收
入《古今集》三十多首、《后撰集》二十多首。著有《素性集》。

*赏析

描写京都阳春三月柳绿花红的美丽景色，如一幅色彩斑斓的织锦。素性法师继承其父遍昭轻妙洒脱的歌风，此歌运用"捋"一个动词，巧妙地把自然景色变成似乎是人为的巧夺天工的安排。不过，把春色比喻为"织锦"在汉诗中颇为多见，如杜甫的"秦城楼阁莺花里，汉王山川锦绣中"，刘禹锡的"野草芳菲红锦地，游丝撩乱碧云天"，刘后村的"洛阳三月春如锦，多少工夫织得成"。由此可见素性在作品里借鉴汉诗的表现手法，"初闻杜鹃啭，无端惹得春心乱，又是空思量"，杜鹃的鸣叫声尖细，能穿透高空，令人遐思。作者以女性的口气表现初夏恋爱时节的芳心，和杜鹃的鸣啭浑然相融，十分和谐。

凡
河
内
躬
恒

やみがくれ　岩間を分けて　行水の　声さへ花の　香に
ぞしみける

岩涧细流听潺潺，
暗香浮动夜阑珊。

凡河内躬恒（859？—925？）

平安时代前期歌人。曾任下层地方官。与纪贯之、纪友则等编纂和歌集
《古今集》。常奉天皇之命创作许多贺歌、屏风歌，擅长即兴创作。歌
风爽直抒情，对自然具有敏锐的感性。

*赏析

此歌题为《春水浮花》，是当时著名歌人聚集在纪贯之家里的唱和之作。赞美花香，一般取梅花。但观其他歌人之作，难断此处所吟是梅花还是樱花。以夜里岩洞的流水声也濡染芬芳来形容春花盛开，清新明丽、气清神爽。《古今集》歌人通过对大自然的敏锐感觉表现细腻优雅的情趣，形成《古今集》的特色。如"秋风掠过败酱草，不见风影只闻香"，通过嗅觉感受秋风，采用通感手法。败酱草又是美女的隐喻，也许秋风送来的是美女的香气，何等风雅，何等风流。另外，"月夜不辩梅花白，闻香寻去自知之"也具有异曲同工之妙。

壬生忠岑

晨月冷漠照别离，
最愁莫过拂晓时。

壬生忠岑（860—920）

平安时代前期的歌人。官微，但作为歌人素享盛名。与纪贯之等编纂《古今集》。著有《歌与体十种》，是早期歌论，对后世产生很大的影响。其歌多有哀叹人生不得意，但平静柔和，优稳抒情。

　　古时男女往往一夜春情，拂晓离别，此时最为难舍难分，双方作歌倾诉爱情。但此歌抱怨女子的无情。上一次别离时你那么冷漠，甚至使我感觉天上的月亮也显得冰冷，从那以后，没有比拂晓更让我伤心的时刻了。忠岑强调和歌要表现作者的"心"，此歌的情感都表现在内容上，"心"也已经表露无遗。

壬生忠岑

ぬるがうちに　見るをのみやは　夢といはむ　儚き世をも　うつつとはみず

人生本短暂，
莫道睡时方是梦，
万物皆虚幻。

✳ 赏析

　　选自《古今集》第十六卷《哀伤》。题记云:咏友人亡故。难道睡觉时所见的才是梦吗? 不。这个虚无短暂的俗世，怎么能视为现实呢? 一切都是虚幻。作者是《古今集》代表性歌人之一。该集还收入佚名的这样一首名作:"俗世是梦还是实? 是梦是实皆不知。"即使是古人的作品，也出色地表现无常的思想。

佚
名

色よりも　香こそあはれと　思ほゆれ　誰が袖ふれ
し　宿の梅ぞも

我思香比色更哀，
谁拂衣袖屋前梅？

此歌选自《古今集》。我觉得"香比色更哀",香气比颜色更令人销魂,抽象性的气味比色彩、形态更富有情趣,也许与大家的感觉性不一样,"我思"则表现出强烈的自我感受。"哀"(あはれ)具有多义性,是作者发自内心的朴素感动形式。如本居宣长所说:"一切的哀,原本都是对所见所闻所接触的事物感动于心发出的叹息之声。"(《源氏物语玉小梳》)在古代,"哀"主要表现在歌谣里,是一种生命体的感动。其对象主要是人,或者赋予人的生命的物。"哀"的主体表现出内心动情的感叹,这就必然含带某种主观性。为什么"香比色更哀"呢?因为是什么人的衣袖拂动树枝,香气飘散,尤觉梅香馥郁芬芳。这里的"屋"指的是"客舍"。作者以疑问式结句,没有回答"谁"的衣袖,留下遐想的余地,可以想象为微风的"衣袖",可以想象为天女的衣袖,等等。和歌的感觉十分纤细敏感,通过色与香的比较,构成观念性的"哀"的世界。

和歌中还常有"香染衣袖"的表现手法,如《古今集》中佚名的"援手折梅枝,花香淡淡染衣袖,婉转听黄莺。"《古今集》中佚名的"待到五月橘花香,犹闻伊人染衣袖。"藤原定家的"梅花余香染袖头,檐前漏月共争艳。"等。

纪
友
则

君ならで　誰にか見せむ　梅の花　色をも香をも　しる人ぞしる

浓浓春色早，
淡淡幽香匀。
谁会梅花骨，
感君解意人。

纪友则（845 ？ —907）

平安时代前期歌人。纪贯之的堂兄，仕途不得志，大约殁于延喜七年
（907）。与纪贯之统领宇多、醍醐时期的歌坛，与纪贯之、凡河内躬
恒等编纂和歌集《古今集》。性格稳重敦厚，歌风典雅流丽。著有歌集
《友则集》。

＊赏析

此短歌题为《折梅赠人》。我摘下这枝梅花，除了你以外，还能送给谁呢？梅标清骨，幽香淡远，芳色雅隽，只有你深谙其味。作者不仅吟咏梅花，更赞颂对方的高标品格。

纪
友
则

ひさかたの　光 のどけき　春の日に　しづ 心 なく　花
の散るらむ

春光骀荡日，
缘何浮躁心不宁，
匆匆花落去。

* 赏析

　　此歌题为《见樱花落而咏之》。春天晴光明媚，景色旖
旎，人们的心情平静温和。连一丝风都没有，可为什么只有
樱花缺少这种恬静平和的心态，匆匆忙忙凋谢呢？这是惜春
之歌。以拟人化的手法描写樱花，作者无法知道落花的原
因，表现人与自然难以融洽相通的一面。

纪
友
则

ふるさとは　見しごともあらず　をののえ　くちし所
ぞ　恋しかりけ

故里已非旧时样，
唯恋斧柄腐烂处。

＊赏析

　　这首和歌显然是中国古代民间故事"烂柯"的翻版。南
朝梁任昉《述异记》云："信安郡石室山，晋时王质伐木，至，
见童子数人，棋而歌，质因听之。童子以一物与质，如枣
核，质含之，不觉饥。俄顷，童子谓曰：'何不去？'质起，
视斧柯烂尽，既归，无复时人。"友则人在京都，忆起自己
曾经在筑紫看见朋友下围棋，于是自比王质，写和歌寄去，
抒发人生易逝的感怀。

纪
贯
之

さくら花 ちりぬる風の なごりには 水なきそら
に 波ぞ立ちける

忍见落红乱，
云边茜影欺。
蓝天本无水，
轻风弄涟漪。

纪贯之（872？—945）

平安时代和歌复兴期的代表性歌人，《古今集》编纂者的核心。精通汉
学，官至从五位上、木工权头。他为天皇起草诏书，经常参加宫中歌
合（赛歌），还创作许多屏风歌。

《古今集》是日本第　部敕选和歌集，纪贯之的序是第一篇用日文写的
序，是日本文学最早的评论，建立起较为完整的和歌理论体系雏形，为

本民族诗歌的理论奠定了坚实的基础，对日本和歌的发展做出了历史性的贡献。《古今集》里收入他的作品也最多，他的短歌几乎是《古今集》时代歌风的总体象征，具有热爱自然、体物细腻、语言清丽、格调疏阔的贵族风格。这种风格后来长期被日本人视为日本民族的古典特性。

他根据土佐守任满回京的旅途体验著述的《上佐日记》是日本假名散文、日记文学的先驱。

✱赏析

　　轻风微拂，落樱无数，水平如镜，映出蓝天白云。微风吹皱涟漪，粉红色的花瓣如在碧空清波上荡漾漂浮。声音与影像浑然相融的创作手法细腻地写出宫廷和歌雍容华贵的优美特色。通过樱花短暂之美形象化地表现心灵之波动，在华丽的时间过去以后，留下来的仿佛是一种可怕的空虚感。原诗的三十一音中使用九个格助词，上下呼应，音韵协调，一气呵成，对表现作者的细腻心情和烘托流动的环境气氛起到重要作用。以樱花的绚丽灿烂和迅速凋谢作为日本人心灵的象征是通过《古今集》完成的审美意识。

纪
贯
之

わがせこが　衣 春雨　ふるごとに　野べの 緑 ぞ　い
ろまさりける

濯我夫君服，
一场春雨一场绿，
田畴润如酥。

这是从女性角度创作的和歌。年轻的农妇正在为她的丈夫晒衣服，望着绵绵春雨中绿油油的田野，感到春天的喜悦。樱花绯红、云间淡月、草木晨露，都会伤心落泪、愁肠怨结，京都的贵族从文学中发现的是这样的大自然。但是，纪贯之眼中的大自然不单是伤春悲秋，也具有这样清新朴素、生命跃动的时候。这种细腻纤柔的感觉也是《古今集》的特色。

纪
贯
之

<ruby>袖<rt>そで</rt></ruby>ひぢて　むすびし<ruby>水<rt>みづ</rt></ruby>の　こぼれるを　<ruby>春<rt>はる</rt>立<rt>た</rt></ruby>つけふ
の　<ruby>風<rt>かぜ</rt></ruby>やとくらむ

盛夏湿袖捧凉水，
不觉寒冬结成冰。
今日恰逢立春至，
骀荡东风化清滢。

*赏析

　　夏天在河边或泉边湿着双袖捧起来的凉水到冬天结成冰，今天是立春，东风吹拂，结冰的河水也即将融化吧。《礼记月令》说"孟春之月，东风解冻"，作者显然了解这个知识。一首短歌吟咏夏、冬、春三个季节，把时间象征化，这种对季节的感受只有在平安时代才能发现其艺术价值。

紀
貫
之

<ruby>人<rt>ひと</rt></ruby>はいさ　<ruby>心<rt>こころ</rt></ruby>も<ruby>知<rt>し</rt></ruož ふるさとは　<ruby>花<rt>はな</rt></ruby>ぞ<ruby>昔<rt>むかし</rt></ruby>の　<ruby>香<rt>か</rt></ruby>
に<ruby>匂<rt>にお</rt></ruby>ひける

君心若何未可知，
旧地梅花香如故。

84

﹡赏析

　　此歌序云："每抵初濑必宿之人家，久未去，后往宿之时，其主人使人云：'吾家如昔未曾变'。乃折枝梅花，咏之。"纪贯之每次去初濑的长谷寺进香参拜之时，总是投宿在一户人家里。但最近有一阵子没去，再去时，这户人家的主人让别人转告说："我家如昔，没有变化。"委婉地抱怨讥讽纪贯之把他的家忘记了。于是，纪贯之走到院子里，折下一枝梅花，并吟咏这首和歌回赠他。此歌意思说：人心莫测，你对我如此冷漠，我不知道你这个主人的内心想法。但今天旧地重来，院子里的梅花依然和以前一样散发芳香。这首和歌不仅对主人的责难毫不辩解，却反过来责备主人态度冷淡，虽然房屋如昔，可是住在这里的主人究竟是什么样的心，我怎么知道呢！只有这梅花的香气依然如故，没有变化，值得怀恋。双方这样互相诘难，其实并没有恶意，正说明两人是知心的朋友。

清少纳言

夜をこめて　鳥のそら音は　はかるとも　よに逢坂
の　関は許さじ

夜未破晓装鸡鸣，
决不开门逢坂关。

清少纳言（966—1025）

平安中期的女作家、歌人。仕于一条天皇的皇后定子。通和汉之学，
与紫式部并称。著有随笔集《枕草子》、歌集《清少纳言集》。

＊赏析

此歌小序云："与行成交谈之时，（行成）云因有物忌须笼居家中，乃匆忙而归。翌朝使人来言道'被鸡鸣所催'。乃回复道：'所言之深夜鸡鸣指函谷关之事乎？'又立即使人来，复道：'逢坂关之谓也。'乃咏此歌。"清少纳言与大纳言行成聊天的时候，行成忽然说现在是中神巡行，为避免与他相遇，要回家躲避（当时风俗，中神往返于天与地之间，按照四方方位巡行，如果人刚好处在这个方位，就应回避，笼居家中），便急忙离去。第二天早晨，行成派人来对清少纳言说道："昨晚是因为被鸡叫声催促回去的。"清少纳言便问道："你所说的半夜鸡叫，莫非就是函谷关的故事吗？"行成闻之，又立即派人回复道："我说的是逢坂关。"于是清少纳言作此歌送给他。这首和歌引用《史记》中孟尝君的食客学鸡叫使孟尝君得以安全出函谷关的故事，又借用逢坂关的谐音，逢坂关是设于近江国与山城国交界的逢坂山的关卡，将"逢"字理解为"相逢""见面"之意。清少纳言明确回答这位男友道：天未破晓，别以为我这里是函谷关，我是逢坂关，装鸡叫也绝对不会开门的。这是她和男性朋友之间的戏谑之作。

和泉式部

しら露も　夢もこのよも　まぼろしも　たとへていへ
ば　久しかりけり

白露、残梦，
现世、虚幻，
喻之皆太长。

和泉式部（978？—？）

平安时代中期歌人。越前守大江雅致之女，初嫁和泉守橘道真，生小
式部，后离异，与为尊亲王、敦道亲王热恋。敦道亲王死后，仕中宫彰
子，嫁给藤原保昌。和泉式部是平安时代最杰出的女歌人之一，继承和
发展了《古今集》的传统，开平安后期的歌风。《拾遗集》收入她的
二百四十七首和歌，在女歌人中数量最多。她以热烈痴爱、缱绻风情
的赠答的恋歌而著称，其中不乏晦涩难解之作。一生风流多恋，被橘道

真的上司藤原道长讥为"水性杨花"。她在晚年对自己的一生进行无情的解剖和反省，写下"那罪孽深重的手一接触花朵，都会使鲜花枯萎"。

这首短歌序言云："郎君来会，才逢又别，譬如朝露，因赋此歌。"作者向才逢又别的心上人倾诉满腔情意，白露、残梦、现世、虚幻都是无常的瞬间，但以其比喻短暂的男女欢会，都显得太长。人生短暂是她思想的根底，男女的爱恋比残梦更加短暂，如流星炽热燃烧后迅速熄灭。在奔放不羁的爱的后面深藏着沉悲郁怨。和泉式部作品多是热恋的抒情歌，如火如荼，但带着理智的抑制，这种纯情与理性的矛盾冲撞所产生的无法克服的孤独寂寞最后在无常观里寻觅寄托。

赤染卫门

やすらはで　寝^ねなましものを　さ夜^よ更^ふけて　かたぶくまでの　月^{つき}を見^みしかな

早应断然安睡去，
何须更深看月斜。

赤染卫门（956？—1041 以后）

平安中期的歌人。大隅守赤染时用之母。先后仕于藤原道长之妻伦子和一条天皇中宫上东门院彰子。其歌与和泉式部并称。著有歌集《赤染卫门集》。

* 赏析

此歌小序云："中关白少将之时，与同母之人通。爽约未至，乃代作。"中关白，指平安时代中期一条天皇时代的摄政藤原道隆。这段小序的意思是：中关白还是少将的时候，与我的一个同母异父的姐妹私通。本来约定那天晚上前来幽会，却爽约未至，于是自己代姐妹写这首和歌送给中关白。和歌本身充满抱怨的情绪，要知道你言而无信，我早就睡觉去了，何必一直等到月亮西斜呢？

能因法师

やまざと　はる　ゆう　き　み

山里の　春の夕ぐれ　来て見れば　いりあひのかね
はな　ち
に　花ぞ散りける

山村暮色，

听晚钟回荡，

春樱飘零。

能因法师（988—1058？）

平安时代中期歌人。三十岁出家，以流浪歌人著称，吟咏自然，清新
明朗，在和歌理论方面颇有建树。著有《玄玄集》《能因歌枕》。

*赏析

　　寺院的钟声在山村的苍茫暮色中轻轻回荡，樱花落英缤纷，一片片花瓣静静飘落，似与钟声呼应。语言简练、意境幽远，飘溢着一种难以言状的春愁，恰到好处地反映出作者的无常心态。能因的叙景歌自然洒脱，以"京都晚霞，共秋风，飞渡白河关"句著称，气势恢宏、印象鲜明。

伊勢大輔

いにしへの　奈良の都の　人の八重桜　けふ九重に　匂ひぬるかな

古都奈良八重櫻，
今开九重尤芳香。

伊势大辅（989？—1060？）

平安中期的歌人。筑前守高阶成顺之妻，仕于上东门院彰子，与紫式部、和泉式部、源经信等交往。著有歌集《伊势大辅集》。

＊赏析

　　此歌小序云："一条院之时，有人献奈良八重樱。其时适待御前，上曰：'受此花，应作歌。'乃咏之。"当时，伊势大辅刚刚仕于一条天皇的中宫上东门院彰子，奈良的僧都给天皇送来八重樱，由她代为收下。天皇说道："既然你收下了，不能无歌。"于是她当场吟咏。此歌构思精巧，九重指九重宫阙，奈良是古都，平安时代的国都是京都，以"古"对"今"，以"八重"对"九重"，彼此呼应，语调流畅。

藤原道雅

今はただ　思ひ絶えなむ　とばかりを　人づてならで　いふよしもかな

只想亲口对她言：
如今唯有断恋情。

藤原道雅（992—1054）

平安中期的公卿、歌人。官至左京大夫从三位。《后拾遗集》等中收有
其作品。

∗赏析

此歌题记云："与由伊势之斋宫上升之人密通之事，亦为朝廷所闻。因有女番人跟随，无以幽会，咏之。"天皇即位时，从未婚的公主、女王（天皇的第三代至第五代的孙女）中选择一人去伊势大神宫奉仕，称为斋宫。此歌的"由伊势之斋宫上升之人"，指的是三条天皇的女儿当子内亲王。她在伊势神宫担任斋宫期间，与左京大夫藤原道雅私通。在她回京都的第二年宽仁元年（1017）时，这件事暴露出来。天皇听到自己的女儿和因品行不端而臭名昭著的道雅私通的消息时，大为震怒，决定不让他们接触，便派女警卫跟随当子内亲王，最后命她出家为尼。当子内亲王积郁成疾，二十三岁死去。这首和歌表现作者对情人的真诚。当子内亲王已经回到宫中，自己无缘与她相见，只好断绝恋情，但自己想亲口把这句话告诉她，可惜连这也办不到。

源
经
信

ふるさとの　花のさかりは　すぎぬれど　面影さら
ぬ　春の空かな

故乡花期已过去，
春空犹存残影也。

源经信（1016—1097）

平安时代后期的歌人、歌学者。朝廷重臣，六朝元老，身处政治中枢
达六十五年，官至正二位大纳言。别名桂大纳言。其和歌富有生活情
趣，擅长以写生手法状景，清新细腻，铺叙自然，语言精雕细刻，有
散文风韵。

　　作者回故乡赏花，但花期已过。"花期已过"，这是客观的叙述，从"花期"这个景物表示时间的流逝。春去也，面对天空，仿佛看见天空还残留些春天的影子，这即将消失的残影唤起他对业已消失的美好春光的回忆，不由得发出一声感叹。表面上只是单纯的写景，将对象的景物融汇于客观描写，天空中的残影其实是作者的主观感觉，只是残留在他脑海里的一种回忆的残影，这使对象与主体交织在一起，表现美是瞬间存在的心情。读者也许会从这流淌或者凝固的时光里获得一点感悟。

源
俊
赖

日暮るれば　竹の園生に　ゐる鳥の　そこはかとなく　音をもなくかな

日暮竹园里，
鸟鸣亦虚幻。

源俊赖（1055—1129）

平安时代后期的歌人、歌学者。源经信之子，仕于堀河、鸟羽两朝。晚年出家。努力革新和歌，编纂《堀河百首》。又受命编纂《金叶和歌集》。其和歌思想被藤原俊成继承，发展成幽玄体。著有歌集《散木奇歌集》，歌论《俊赖髓脑》。

*赏析

　　此歌题记为"夕暮闻雀鸣篱竹"。《散木奇歌集》记述有写作过程："日暮时分，不由得顿感寂寞，忽闻屋檐附近竹林里雀鸣，乃咏之。"可见歌中的"鸟"，乃是麻雀。他主张在实景描写中加入心灵感觉，运用写实手法勾勒出麻雀在黄昏的竹园里鸣叫的实景，但是在"叫声"里加入作者的主观感受，感觉"虚幻"。源俊赖具有一种强烈的末世感，人生末世，一切皆空，前代所留之物无几，因此感到绝望。

待
贤
门
院
堀
河

ながからむ　心も知らず　黒髪の　乱れてけさ
は　ものをこそ思へ

不知君心长久否，
今晨发乱心更乱。

待贤门院堀河（生卒年不详）

平安时代后期歌人。上西门院兵卫之妹。先后仕于白河院的公主令子内
亲王、待贤门院璋子。别名前斋院六条。后出家。与西行交往。著有歌
集《待贤门院堀河集》。

此歌题为《奉百首歌时，咏恋之心》。昨夜与君相逢，一夜春宵，拂晓离去。不知道你对我的爱情能否长久持续，今晨起来，头发蓬乱，然而我的心更乱，不由得陷入沉思。这是女子委身于男人之后的苦恼，担心男人对自己是逢场作戏，朝三暮四，所以心乱如麻，比乱成一团的黑长头发还要乱，真可谓"剪不断，理还乱"。

藤原俊成

またや見ん　交野の御野の　桜狩り　花の雪散る　春の曙

何时重睹，
交野观樱？
香霏花雪，
晨光微明。

藤原俊成（1114—1204）

平安后期至镰仓前期的歌人。官至正三位，曾任皇太后宫大夫。他奉白河法皇之命，于文治三年（1187）编纂成《千载集》，结束了金叶、词花时期的混乱局面。他崇尚"幽玄"美学，在恢复《古今集》清雅抒情的正调的同时，创立了余韵幽玄的新古典调的世界，标志着中世

和歌的成立。《千载集》总体风格富有余韵的抒情美，尤其注重音调的整饬，与《新古今集》一起代表着中世和歌鼎盛期的辉煌。

✳赏析

交野是现在大阪枚方市一带的原野，当时是皇室狩猎地，也是观樱胜地。"何时重睹"，作者以问话的形式单刀直入地表现对交野樱花的怀念，难以忘怀，烘托出晨光熹微时落红霏霏的浓艳绮靡的景象。凝练的手法使作品余韵回荡，令读者陶醉忘情。藤原俊基根据此歌意境创作的和歌十分有名："迷踏落花雪，赏樱片野春，衣归红叶锦，岚山秋色暮。"

藤原俊成

<ruby>春<rt>はる</rt></ruby>の<ruby>夜<rt>よ</rt></ruby>は　<ruby>軒端<rt>のきば</rt></ruby>の<ruby>梅<rt>うめ</rt></ruby>を　もる<ruby>月<rt>つき</rt></ruby>の　<ruby>光<rt>ひかり</rt></ruby>も<ruby>薫<rt>かを</rt></ruby>る　<ruby>心地<rt>ここち</rt></ruby>こそすれ

春宵檐下梅月痕，
疏影清辉亦含馨，
何人不销魂。

作者从春宵明月梅疏影感受到温馨销魂的情趣，院前月光的自然景色与幽深的心灵世界融为一体，洋溢着幽艳神秘的美的气氛，整个作品余韵回荡。俊成的作品具有脱俗的倾向，在悠然自在的境界中漫游，洋溢着清新活跃的诗魂的力量。如"残烬感春温，夜阑慰冬寒"，作者从白居易的"二月山寒少有春"（《南秦雪》）中获得灵感，虽然还是冬天，却在火盆的余烬中感受到即将来临的春天的微温，他的心灵已经荡漾着春天的气息。

西行法师

春風の　花を散らすと　見る夢は　さめても胸の　さわぐなりけり

春风无情吹落樱，
梦醒依然意难平。

西行法师（1118—1190）

平安时代末期至镰仓时代初期的歌人。曾是奉侍于鸟羽院的北面武士，精通兵法。二十三岁出家，开始歌人生活，通过旅行吟咏自然和人生，对社会和自我进行无情的解剖，以极富浪漫的精神追求和歌的美。通过陆奥地区的旅行，深悟佛教之道，上高野山潜心修行。西行虽遁入佛门，但纵观整个人生，他出家并未离俗，依然直面现实社会，即使逃避社会，放浪自然，也无法抛弃对人和自然的爱心，只是从大自然中发现永恒的生命和幽玄的本质。他保留着贵族社会的审美观念，其作品把古代与中世和歌的特色融为一体，在现实世界与虚无

世界之间激烈地碰撞出独具魅力的艺术空间，无疑代表着平安时代末期至镰仓时代初期的和歌的新特征，对元禄时代的松尾芭蕉产生很大的影响。著有歌集《山家集》，其中多有情怀悲切的恋歌。

*赏析

　　西行以吟樱花、吉野山著称，此诗题为《梦中落花》，樱花动人心魄之美在于纷纷扬扬的落花姿态，作者为之动情。大概由于西行乃武家出身，他的短歌比贵族歌人的作品慷慨激烈、淋漓酣畅。"看惯樱花美，纷纷凋落亦心疼，何况人别离。"他的和歌风格高雅，樱花的生命是短暂的，对落花依依惜别，满含哀愁，花犹如此，更何况与亲爱的人分别，营造出优美的抒情氛围。同样是吟咏樱花的"愿在花下死，如月望日时"，就带着极其浓郁的佛教色彩。"如月望日"是阴历二月十五日，满月，相当于阳历三月末，正是樱花盛开时节，也是释尊圆寂之日。西行是出家人，尤愿在此日仙寂。令人惊奇的是，西行果然如愿以偿，建久元年（1190）二月十六日逝于河内弘川寺。

藤原実定

なごの海の　霞の間より　ながむれば　入る日をあらふ　沖つ白波

眺望宁静海霞间，
白色波浪洗落日。

藤原实定（1139—1191）

平安末期的歌人。官至正二位左大臣。著有歌集《林下集》。

★ 赏析

　　此歌题为《晚霞》。风平浪静的大海，作者从海天相连的晚霞中间眺望过去，只见白色的波浪正洗涤即将落下的夕阳。这是一首写生型的叙景歌，诗意如一幅画面，晚霞的轮廓具有大和绘的印象。实定描绘平静的大海的和歌还有如"晨望武库海，风平波浪静。阿波岛上山，翠眉何齐整。"藤原俊成对这首和歌的判词是："所谓眉黛何齐整，阿波岛上山，令人想起'黛色遥临苍海上''龙门翠黛眉相对'这样的诗歌构思，实乃幽玄。"（承安二年《广田社歌合》海上眺望二番）

式子内亲王

山深み　春とも知らぬ　松の戸に　たえだえかかる　雪の玉水

山深不知春已至，
松门断续滴雪珠。

式子内亲王（？—1201？）

后白河天皇之女,《新古今集》的代表性女歌人。在动荡的岁月里，失去家人，生活无着，甚至无处栖身，后出家。这种人生经历使她的和歌充满哀怨忧愁，悲愤沉郁，感觉纤细，情感深沉，极具丰富深沉悲痛的内省力。

　　以拟人化的手法表现"松门"，不知春天已经来到这深山里。在冰天雪地的整个冬天，松门紧闭，象征着一切都处于寒冬的封闭状态。然而，当春天的气息悄悄地渗透进这寂静冰冷的深山里的时候，屋顶上的积雪开始慢慢地融化，从屋檐断断续续地滴落下如珍珠般晶莹透亮的雪水，报告着春的来临。松门的封闭自然也显示着主人的封闭，经历过严寒日子的主人也会随着春天的来临而逐渐复苏吧。

寂蓮法師

暮れてゆく　春のみなとは　知らねども　霞に落つ
る　宇治の柴舟

暮色春将归，
春归不知处。
霞落宇治川，
柴舟隐斜晖。

寂蓮法师（1139？—1202）

平安末期至镰仓初期的歌人。藤原定家的堂弟、藤原俊成的养子，后
鸟羽院歌坛的主要歌人之一。曾任中务少辅等微官，后出家。《新古今
集》的编撰者之一，但未成书即去世。著有歌集《寂蓮法师集》。

*赏析

　　宇治川，发源于琵琶湖，经京都府宇治市与淀川汇合，以水流湍急著称。"柴舟"，指满载木柴的船只。此歌表现作者惜春之心，不知春归何处，遥望着柴舟逐渐消失在晚霞深处，那目光似乎在追寻着春归的地方。

宮内卿

薄く濃き　野べの緑の　若草に　跡まで見ゆる　雪のむら消え

原野嫩草萌，
浅绿碧翠淡淡分，
却是雪化痕。

宮内卿（？ —约 1204）

镰仓时代期的歌人。后鸟羽院近臣右京权大夫源师光（生莲）之女，其母为后白河院女官安芸。奉侍后鸟羽院。参加宫廷歌会，其和歌可与藤原俊成之女比肩。二十岁左右早逝。

早春原野，嫩草萌生，深浅不一，正是积雪消融留下的痕迹。诗人从眼前绿草的色差，想象寒冬残雪的深浅不同，感情委婉深沉。作者因此歌被称为"嫩草宫内卿"。她的和歌工于理智性的技巧，虽然余韵不足，但自然恬淡洒脱，感觉纤细，色彩艳丽，如屏风画，表现出清晰的视觉效果。

藤原家隆

梅が香に　昔を問へば　春の月　答へぬ影ぞ　袖に
うつれる

梅香诱思昔，
抬头问春月。
春月不回答，
冷影照衣袖。

藤原家隆（1158—1237）

镰仓时代初期的公卿、歌人。和歌入藤原俊成门下，《新古今集》撰者
之一。收在《新古今集》里的作品可以和藤原定家媲美，擅长叙景歌，
歌风清澄。

*赏析

此歌以在原业平的"月非昔时月，春非昔时春，唯有此身昔时身"为蓝本创作的。《古今集》《伊势物语》有这样的记载：一男子与住在五条后宫西殿的女子私通。某年的一月，女子忽然消失，隐藏起来，无法寻找。第二年春天，一个梅花盛开的月夜，这男子想起去年之事，不胜怀念，便来到西殿，俯伏在地板房里，吟咏此歌。与唐代崔护《题都城南庄》的"人面不知何处去，桃花依旧笑春风"有异曲同工之妙。

藤原定家

<ruby>春<rt>はる</rt></ruby>の<ruby>夜<rt>よ</rt></ruby>の　<ruby>夢<rt>ゆめ</rt></ruby>の<ruby>浮橋<rt>うきはし</rt></ruby>　とだえして　<ruby>嶺<rt>みね</rt></ruby>にわかるる　<ruby>横<rt>よこ</rt></ruby><ruby>雲<rt>くも</rt></ruby>の<ruby>空<rt>そら</rt></ruby>

春梦断浮桥，
夜岭云横空。

藤原定家（1162—1241）

藤原俊成之子，平安时代末期至镰仓时代初期的歌人。《新古今集》编纂者之一。官至权中纳言，受后鸟羽院的赏识，担任"千五百番歌合"的作者和判者，为宫廷歌坛第一人。他深化其父之"幽玄体"，提倡"有心体"。俊成和定家父子在中世和歌史上树立了"宗家"的传统，称为"御子左家"，定家也被尊为中世和歌之祖。定家对和歌的贡献是开拓了一个与万叶的现实主义歌风洞然相异的古典主义方法论和唯美的艺术世界，创作了许多具有强烈古典主义色彩和浓郁的象征性的优秀作品。著有歌集《拾遗愚草》、歌论《每月抄》、日记《明月记》等。

作者把春梦之短暂喻为浮桥，乃悟于《源氏物语》终卷《梦之浮桥》。春梦忽断，只见云雾飘流、峰峦显露。但无论梦断浮桥还是云别峰峦，都令人联想起历史故事中的男女爱恋，使和歌充满历史色光。其实这是一首作者表现精神世界的抒情诗，并没有强调实际的感觉，飘溢着一种妖艳的气氛。正如心敬的评价："定家卿之歌姿，应为仙女面影于朦胧月夜若隐若现之韵味。"(《私语》)

藤原定家

梅の花　にほひをうつす　袖の上に　軒もる月の　影ぞあらそふ

袖染梅花香，
檐映明月光，
梅香月光相斗艳。

*赏析

定家提倡"本歌取"的创作手法。所谓"本歌取"，就是通过对古代和歌的理解，吸收、借用其中的词语进行创作的手法。定家说："和歌无宗匠，唯以旧歌为师。"（《咏歌大概》）就是作者通过对古代和歌的理解，把握其诗情，把古人的诗心变成自己内心对诗歌精神的修养，触发创作灵感，获得创作主体认为理想的词语和风体。

定家的这首和歌以在原业平的"月非昔时月，春非昔时春，唯有此身昔时身"为本歌，业平的本歌是对过去恋人的怀念，又是春天时节，又是梅花盛开，又是朦胧月夜，然而物是人非，唯有独卧破屋，眺望残月西斜，徒然回味去年的恋情。定家的和歌描写袖上的花香和月光竞相辉映，交织成一个妖艳的世界。他没有描写整件衣裳，只是着眼于衣裳的一个细小局部，客观描写，没有任何情感的流露。但是，了解本歌和《伊势物语》的读者，就会立即推测这花香、月光交辉的衣袖被泪水濡湿，而挂在屋檐上的明月犹如一面镜子照在衣袖上。嗅觉与视觉错综复杂地交汇在一起，营造出一个超越现实的梦幻般的世界，这是定家的和歌与本歌的不同之处。作品表面上只是一个如绘画一样静止的世界，其实背后存在一个被女人抛弃、却依然无法忘情的活生生的男人，这个男人想象着女人的幻影，痛苦不堪，倾诉着对她如痴如醉的感情。定家的和歌没有本歌那样直率地袒露自己的心绪，把为爱情而悲痛欲绝的故事封闭在对微观景物的客观描写里，也许是为了造成更加强烈的想象效果吧。梅送幽香，熏染广袖，这时，月光从檐前筛漏下来，香气与月影争奇斗艳。宫廷和歌所咏袖上月光，多含怀旧或思念情人，此歌还表现春夜的愁绪。这是"余情妖艳"美的典型，梅花幽香染衣袖，华彩艳丽，撩人心扉，而月影疏痕，影影绰绰、朦朦胧胧，光与影、花与香的交合产生一种若远若近、似有似无的视觉和嗅觉上的旋律，这种缥缈之形、空灵之物所构成的虚幻意境把新古今歌风推向极致。

藤原定家

大空は　梅のにほひに　霞みつつ　曇りもはてぬ　春の夜の月

长空霞霭弥梅香,
轻烟朦胧春夜月。

　　定家把弥漫夜空的梅香与朦胧春月结合在一起，夜越来越深，春天的气息透过霞霭越发浓郁。作者在春月迷离的时间流淌中捕捉慵懒倦怠的春夜官能性，和歌本身充满这种幽玄微妙的氛围。从中古到中世时期，人们通过吟咏朦胧月夜追求微妙的官能性在这里显示出其深刻性。其他如"霜迷长空闻雁归，潇潇春雨湿翅膀""浮云难舍暮天去，晚风轻轻拂橘花""春风空拂樱花院，一问方晓人去尽"等。这些和歌情趣浪漫，其余情内容具有物语的立体感和妖艳之美。《句题和歌》中收有大江千里这样一首和歌："不明不暗春宵夜，最佳不过朦胧月。"也是朴素直率地赞美春天的朦胧月夜。

藤原定家

<ruby>霞<rt>かすみ</rt></ruby> たつ <ruby>峰<rt>みね</rt></ruby>の <ruby>桜<rt>さくら</rt></ruby> の　<ruby>朝<rt>あさ</rt></ruby>ぼらけ　くれなゐくくる　<ruby>天<rt>あ</rt></ruby>
の<ruby>川<rt>ま</rt></ruby><ruby>浪<rt>かわなみ</rt></ruby>

山峰樱花笼朝霞，
绯红暗渡银河浪。

✱赏析

　　定家的抒情诗具有浓厚的唯美色彩，幽玄是对现实的美化、理想化，同时也构造出非现实的美的世界，追求幻想式的甘美情趣，是一种纯艺术的境界。在典型的情感诗中，人似乎不复存在，在景象为主体的世界里，人只是理性地被置放在非现实的场景的远处，作为一个衬托的要素，在对自我感情沉溺的过程中，逐渐忘却生活、社会的现实存在，向往艺术光芒照耀的精神世界。《万叶集》末期就已经出现唯美情趣的萌芽，如同一幅交织着现实与非现实幻想的抽象画，在《新古今集》里开花结果。定家的"花香飘幽微，夕暮风无情""铃虫夜夜声亦苦，遥听树梢细弱风"等都具有幽玄情趣。

后鸟羽院

見わたせば　山もとかすむ　水無瀬川　夕べは秋と　な
に思ひけむ

山麓望朦胧，
水无濑川似白练，
春色黄昏美。
谁谓秋暮最堪怜？

后鸟羽院（1180—1239）

第八十二代天皇。建久九年（1198）禅让，成为上皇，时年十九岁。
后在与北条氏的战争中失败，被流放到隐岐十九年，死于该地。镰仓
时代前期的代表性歌人，形成以其为核心的宫廷歌坛。主持编纂《新
古今集》，著有歌集《后鸟羽院御集》。

＊赏析

元久二年（1205），后鸟羽上皇主持举办汉诗与和歌的赛诗会，出题《水乡春望》。这首和歌是他的作品。水无濑川，经大阪府三岛郡流入淀川的河流，河的南面有水无濑离宫，后鸟羽院经常行幸。放眼远眺，只见山麓迷蒙，水无濑川平静如练，这春天的暮色实在美不胜收，谁说黄昏数秋天最美啊？当时的和歌审美观一般都认为吟咏黄昏之美应属秋天，而春天是拂晓之美。后鸟羽院的这首和歌有意识地改变和歌的传统审美理念，具有唯美情调的抒情，体现出新古今时代的歌风特色。

后鸟羽院

時鳥　雲居のよそに　過ぎぬなり　晴れぬ思いの　さみだれのころ

遥望杜鹃高飞过，
梅雨季节思晴天。

选自《新古今集》。古代和歌里，夏天最想听的鸟叫声就是杜鹃。从早晨起就一直心情激动地期待它的婉转啼叫。但是，后鸟羽院的和歌显得低沉忧郁。这是奉献给伊势神宫的和歌，其中"思晴天"的内心流露引人注目。作者当时二十九岁，仿佛预感到以后起兵推翻镰仓幕府（承久之乱），失败后被流放到隐岐的命运。

藤原秀能

ゆうつくよ しおみ く なにわえ あし わかば こ
夕月夜　潮満ち来らし　難波江の　蘆の若葉を　越ゆ
しらなみ
る白波

晚夕新月明，
潮涨难波江。
芦苇萌新绿，
白浪漫嫩叶。

藤原秀能（1184—1240）

镰仓时代前期的武士、歌人。由后鸟羽院北面武士升至检非违使尉。
曾立功。秀能才华横溢，深受后鸟羽院的喜爱。但在承久之乱中失
败，遂出家。其和歌有八十首收入《新古今集》等中。著有歌集《秋
篠月清集》。

*赏析

　　元久二年（1205），后鸟羽上皇主持举办汉诗与和歌的赛诗会，出题《水乡春望》。这首和歌是参加比赛的作品。难波江，即今天的大阪湾，从《万叶集》开始，以吟此地的芦苇著称。早春的夕暮，新月初生，难波江涨潮时候，波浪不断翻越涌过刚刚萌生嫩叶的芦苇。在月光的映照下，波浪泛着白色的亮光。作者通过对波浪的观察体现出细腻的风格。

京极为兼

沈みはつる 入日のきはに あらはれぬ 霞める山の なほ奥の峰

落日衔山棱，
红霞笼远峰。

京极为兼（1254—1332）

镰仓时代后期歌人。藤原定家的曾孙。奉伏见院命，编纂《玉叶集》。提倡回归万叶，给歌坛注入新风。后因政事流放佐渡、土佐。著有歌论《为兼卿和歌抄》。

✱赏析

细腻的风景描写可以直接成为一首精妙的抒情诗，这是古代和歌形成的日本诗歌的一大特征。这首和歌描写夕阳坠入西山之际，山脉的棱线非常明显地浮现出来，连绵红的晚霞笼罩的远处的山峰也清晰可见。同样写落日，如"浪上夕阳染余晖，小岛远影已苍茫"，虽然落日余晖还映照在荡漾的海浪上，但是远处的小岛已是暮色苍茫。表面上描写海上黄昏景色，作者的眼睛似乎更加关注由远而近的黑暗变化。

賀茂真渊

をつくばも　遠つあしほも　霞むなり　嶺こし山こ
し　春や来ぬらん

朦胧筑波山，
遥远足尾山，
烟岚笼群峰，
送来春意淡。

賀茂真渊（1697—1769）

江户时代中期的国学家、歌人。其和歌先崇古今、新古今歌风，晚年
亦创作万叶调的长歌、短歌，乃至追记纪歌谣之遗风，以雄浑沉劲为
最高境界。他在近世国学史上占有重要的地位，形成比较完整的体
系。门生如云。著有《万叶集考》《新学》等。

✳赏析

此歌题为《初春之歌》。大概创作于江户，看不见足尾山，"遥远足尾山"则是从筑波山引起的联想。作者感觉到春天的气息翻越烟岚朦胧的筑波山、足尾山吹过来，整体氛围更接近古今调。同样吟咏春色的如《故乡见落樱》："我来观吉野，古都瀑布翻腾落，落樱纷乱谢。""故乡"即指吉野，吉野是古都，瀑布的翻腾飞落与樱花的纷谢零落的对照具有万叶调的雄浑美感。

良宽

ちんばそに 酒に山葵に 給はるは 春はさびしく あらせじとなり

送我马尾藻，
兼以美酒、山崴菜，
春天不寂寞。

良宽（1758—1831）

江户时代后期歌人。二十二岁出家，修曹洞宗。云游四方，晚年回乡居住。喜《万叶集》和寒山诗，擅长和歌、汉诗、书法。歌风淡雅，格调高逸。歌集有《莲露》（贞心编纂）。

文政八年（1825）冬，一根桥桩从我国峨眉山下经青衣江、长江，过对马海峡，漂流到日本越后宫川滨，桥桩上有篆刻文字。良宽见后，作《题峨眉山下桥桩》汉诗一首："不知落成何年代，书法遒美且清新。分明峨眉山下桥，流寄日本宫川滨。"1989 年，日本汉诗协会会长柳田圣山在四川峨眉山下建立这座诗碑，成为中日友好的佳话。

马尾藻是一种海藻，嫩叶可食。这是良宽送给他的好友、也是他的经济资助人阿部定珍的和歌。定珍经营酿酒业，良宽好饮。大概定珍经常送酒给良宽，外加下酒菜马尾藻、山嵛菜。下句表达自己与定珍的亲密关系。此歌把食品名称一一列出，可见良宽天真纯朴的喜悦心情。

良宽和歌通俗清雅，喜用口语，如"喜与孩子们，拍打皮球玩。村头欢笑声，春日不见晚。""此生此世，最眷恋，岸边海螺皮。"他最眷恋的是海滩上的海螺皮。他给弟弟的信中说，"想要一个做眼药水瓶盖"，让弟弟到海边为他寻找合适的海螺皮。表现出良宽喜欢孩子、童心未泯的天真情趣。

香川景树

旅 にして　誰 にかたらむ　遠 つあふみ　いなさ細
江の　春 の明 ぼの

独游远江国，

引佐细江觅春晓。

此情向谁说。

香川景树（1768—1843）

江户晚期歌人。创立桂园派，推崇纤柔优美的古今调，号称弟子两
千。在近世至近代初期与贺茂真渊分别在京都和江户形成两大势力，
至幕府末期，则一统歌坛天下，其风格延至明治时期。

★赏析

    远江国，古国名，今静冈县西部滨名湖一带。引佐细江，今引佐郡，滨名湖入海口。作者独自旅行，见海湾春晓，心有所感，却无人诉说。此和歌使用两处地名，尤增魅力。同样描写春天的如《河上花》："清澈大井川，山樱倒映流水里，今年亦开放。"流水与春来花发的山樱相映成趣，洋溢出作者所喜欢的优雅情调。"流水"一词里包含着"流水一去不复返"的思想，在对大自然的凝视中感受人生。

大隈言道

品<ruby>しな</ruby>たかき　ことも願<ruby>ねが</ruby>はず　またの世<ruby>よ</ruby>は　また我<ruby>わ</ruby>が身<ruby>み</ruby>に
ぞ　なりて来なまし

高官厚禄余不求，
依旧此身降来世。

大隈言道（1798—1868）

江户时代后期歌人。早年从福冈藩士二川相近学习和歌、书法，后钻研《万叶集》《古今集》，自成一家。天保七年（1687）将家业宅第让给弟弟，自己隐居那珂郡今泉专心写作。著有歌集《草茎集》，但在他生前几乎不为人知。明治三十一年（1898），佐佐木信纲在书肆发现《草茎集》，惊其轻妙新颖，介绍于世，遂广为人知。

＊赏析

　　选自《草茎集》，题为《思来世》。言道生于筑前福冈的富豪商家，但独自隐居，成为别具一格的歌人、歌道家。他主张"不模仿古代，天保之民应吟咏天保之歌"。在今天看来，这种见解极其平常，但在当时具有打破成规的新鲜感。这首短歌对出人头地的愿望予以否定，正是表达他的理论基础、即平民思想，风格轻快洒脱。明治中期，他的作品受到佐佐木信纲的重新评价，他从而成为幕府末期的代表性歌人。其歌风接近古今调，表现出理智型的淡泊。创作构思往往出人意表，处理题材的视角也有独具特色。"今日唯此事，一颗松子落黄昏。"作者冷静观察事物已达极致，融进大自然的世界里观照自身，有点物我一如的意境。言道的和歌未有恋歌，也许是他近古人、厌虚诳的性格所致吧。

正
冈
子
规

瓶にさす　藤の花ぶさ　みじかければ　たたみの上
に　とどかざりけり

瓶里白藤花枝短，
弯腰不及榻榻米。

正冈子规（1867—1902）

歌人、俳人。他是明治时期短歌、俳句革新的旗手，以西方近代个人
主义和现实主义为思想基础，以艺术的审美观和写实主义手法把俳
句、短歌带进前人未臻的境界，在理论和实践两方面实现了向近代的
转变，其巨大的影响远播昭和时代。主张写生手法，句风富于变化，
情趣丰富，最能表现他的奔放不羁的诗魂和追求纯粹诗歌精神的力
量，晚年建立"写生式万叶调"的独特和歌风格。歌集有《竹乃里歌》
《病床六尺》等。

＊赏析

　　子规卧病在床，看着插在瓶子里的白藤花，由于花枝太短，即使弯垂下来也够不着榻榻米。这完全是客观描写，是子规提倡"写生"创作手法的实践。他的着眼点是花枝的"短"，虽然这具有主观的意志，但没有从"长"或"短"中引发美学上的主观感受，只是具体忠实生动地捕捉客观形态。

　　落合直文一首同样吟咏白藤花的和歌："小瓶置桌上，白藤花枝犹见长，婀娜垂花房。"作者从婀娜低垂在桌面上的长长的白藤花枝发现美的存在，通过花的形态体会由此产生的心灵的感动，就是说，在观察客观事物的时候，带有主观意识。

　　子规和直文的这两首著名的和歌标志着近代和歌的出发点。虽然吟咏的主题一样，意境也有相似之处，但是从和歌的发展史来看，代表着近代和歌的两大类型。它们所显示的两个方向甚至贯穿整个近代的歌坛。

正岡子規

佐保神の　別れかなしも　来ん春に　ふたたび逢はん　われならなくに

惜别佐保神，
不会是我不重逢，
静心待来春。

这首短歌作于明治三十四年（1901），题为《勉力执笔》，与"牡丹花盛开，似在安慰病中我，悲从心中来"成为子规晚年的绝唱。此时，他因患肺结核、骨疡，卧床不起，病情恶化。"佐保神"是春天女神。他担心自己恐怕无法活过今年，明年就不能与春神重逢。实际上，子规平安地度过翌年的春天，于九月去世。

太田水穂

<ruby>青桑<rt>あおくわ</rt></ruby>の　あらしの<ruby>中<rt>なか</rt></ruby>に　<ruby>人<rt>ひと</rt></ruby><ruby>呼<rt>よ</rt></ruby>ばぶ　<ruby>女<rt>おんな</rt></ruby>のこゑの　<ruby>遠<rt>とお</rt></ruby>き<ruby>夕燒<rt>ゆうやけ</rt></ruby>

桑林翻绿浪，

间闻女子唤人声，

远望晚霞红。

太田水穂（1876—1955）

在长野与窪田空穂等成立"此花会"，和东京的和歌革新相呼应，开展新派和歌运动。创刊《潮音》。其歌风以《古今集》《新古今集》清新抒情为基调，吸收写实手法。著有歌集《露草》《冬菜》《鹭·鱼鹰》等。

眼前是一片辽阔的桑林，劲风吹动，翻涌如绿色的波浪。从桑林中传来女子呼唤别人的声音，远处的天边映照着绯红的晚霞。桑林的绿与晚霞的红、桑林被风吹动的沙沙声与女子呼唤的声音形成视觉和听觉的呼应，而女子只闻其声不见其人的状态表现作者心理上的些许不安。

尾上柴舟

つけ捨てし　野火の烟の　あかあかと　見えゆく頃ぞ　山は悲しき

早春烧野草，

火烟赤红初见时，

顿觉山悲凉。

尾上柴舟（1876—1957）

歌人、诗人。曾加入浅香社，后成立车前草社，集结着前田夕暮、若山牧水、正富汪洋、三木露风等，开展前期自然主义运动。大正三年（1914）参与创刊《水瓮》，任主宰。昭和十二年（1937）担任宫廷歌会的评选人。他先是通过提倡"叙景诗"兴起客观主义的自然诗运动，但后来转向自然主义的现实主义。著有歌集《静夜》《银铃》《永日》等。

﹡赏析

　　此歌题为《旅次之歌》，是柴舟的名作。根据作者的解释，这是他到伊豆天城山麓旅行时，看到早春焚烧原野上的枯草的烟，"天色渐暮，进入夜间，火光将天空映得一片焦红明亮，十分美丽。然而，由于身在旅次，这情景总令人感觉淡淡的感伤。尤其看到火光刚刚变得赤红明亮的那个时刻，觉得火光后面的山姿十分悲凉，而在袭人的寒风开始吹拂的时候，更会产生寥寂之感"。这一段自注真实贴切地表达了作者创作此歌的心境。

島木赤彦

みづうみの　氷は解けて　なほ寒し　三日月の影　波
にうつろふ

湖冰初解水犹寒，
新月弄波影半残。

岛木赤彦（1876—1926）

明治、大正时代歌人。曾任《阿罗罗木》编辑。他主张作品要直截了
当地体现心灵与事像接触时产生的感动状态，通过外部写生表现内部
生命，达到实相观入的境界。歌风清澄深沉，崇万叶歌人山部赤人。
著有歌集《马铃薯之花》《太虚集》《柿荫集》等，论著《歌道小见》
阐述阿罗罗木的基本理论。

*赏析

此歌题为《诹防湖畔》，作于一月。诹防湖在长野县中部，赤彦家居信州诹防湖畔，倚窗俯望，一湖碧水，尽收眼底。春的信息刚刚来临，湖冰虽已开始解冻，却依然寒气袭人，一弯新月映照着水面。作者在夜间观湖观月，月光与波光交相辉映，形成一幅简洁雄浑的画面。

与谢野晶子

春みじかし　何に不滅の　命ぞと　ちからある乳
を　手にさぐらせぬ

昼永苦春短，
生命应永恒。
双乳多丰腴，
抚摸活力生。

与谢野晶子（1878—1942）

歌人、作家、思想家。旧姓凤。明治三十三年（1900），加入与谢野
铁干的新诗社，在杂志《明星》上发表短歌。翌年与铁干结婚。其歌
集《乱发》肯定女性作为人的存在，高昂奔放。她积极参与妇女解放
运动，在著名的妇女社会活动家平塚雷鸟的杂志《青鞜》上发表诗歌、
评论，提出"以妇女能充分发挥各自的天赋才能、解放自己为最终目

的"，并创办文化学院，开展艺术自由的教育。应该说，与谢野晶子
是日本近代第一个以诗歌追求妇女解放并付诸实践的战士。著述甚
丰，有和歌、歌论、社会评论、古典文学评论、小说等。

*赏析

　　晶子基于与铁干热恋的体验，于1901年结集《乱发》出版，以热情奔放、大胆直率、富有官能色彩的歌声宣告着对旧道德的反叛。这部惊世骇俗的作品用纯真的情炎向世人倾诉爱的痛苦和甘美，表现女性追求自由的渴望，寻找独立的人的自身价值。她全身心地讴歌爱的伟大，从而打开了短歌近代化的门扉，使明治时期浪漫主义诗歌进入一个崭新的阶段。《乱发》在近代短歌史上划时代的地位是其他任何作品无法比拟的。

　　这是一首广为传诵的名作。青春何等短暂，爱的生命应该是永恒的。如此大胆的官能美的表现是作者爱情的燃烧，发现自我价值的存在。不言而喻，《乱发》遭到一部分道德家污蔑谩骂，以为晶子是世风日下的始作俑者。为了避讳道德家的恶言，晶子后来把"双乳多丰腴"改为"纤手抚双乳"。《乱发》中还有许多这样的短歌："躁动的心灵，困惑的心情，多少次抚按双乳，祈求百合花神。""莫辜负，今宵月色映花野。总难舍，思君情切暗销魂。""抚扪我酥胸，神秘薄幕轻踢开，情浓花嫣红"等。

山川登美子

後世は猶　今生　だにも　願はざる　わがふところに　さくら来てちる

今世已无望，
岂去思来生。
却见樱花落，
飘零我怀中。

山川登美子（1879—1909）

歌人。《明星》同人。与歌友凤晶子共同恋慕与谢野铁干，但成全晶子。与晶子、增田雅子合著《恋衣》，是其生前唯一歌集。歌风哀婉伤感、楚楚动人，晚年作品含带现实感。

这是刊登在明治四十一年（1908）五月号的《明星》上《石松》十四首中的一首，是作者生前发表的最后一首短歌。登美子因患肺结核于二十九岁去世，在她去世前一年就吟咏这样埋葬自我的作品。她凝视着死，对今生今世已经绝望，极度的悲哀凝结心头，对来世更无所求。然而，眼前忽然出现樱花飘落到自己怀里的幻影，仿佛在绝望中感受到一抹凄美的艳丽，痛苦无奈的情绪结晶成优美的悲剧性短歌。

"天生丽质美，佳人秀发浓。伏额触百合，思君花影重。"这是登美子的代表作。一头秀发的少女俯身将额头贴在白色的百合花上，她的心绪如花影般重重叠叠，暗示着佳人薄命的命运。作品构建一幅浪漫色彩的图画，飘逸着淡淡寂寞感的唯美主义氛围。

斎藤茂吉

春の雲　かたよりゆきし　昼つかた　とほき真菰に　雁しづまりぬ

午时春云偏一侧，
雁群远入菰泽静。

斎藤茂吉（1882—1953）

歌人、精神科医生。明治三十九年（1906）入伊藤左千夫门下，左千夫去世后，任《阿罗罗木》编辑。茂吉受到西方美术、哲学尤其尼采思想的深刻影响，《万叶集》歌风以及西方文化都化为短歌的血肉。其歌集《赤光》将日本的传统思想与西欧现代精神融合在一起，充满对生命的肯定，对人的感情的珍爱，在质朴明朗的青春活力中透出哀愁孤独的心情，富有想象力和表现力，成为近代短歌的代表作。后经过一段具有强烈官能艳丽色彩的时期，逐渐进入沉静孤寂的现实境界。

＊赏析

　　此为组歌《残雁行》之一。菰，其嫩茎即茭白，生长于沼泽地，高可达两米。早春的一个中午时分，天空的云彩偏布在一侧，远处是一片水泽地，生长着茂盛的菰。一群大雁从天空飞落下来，隐没在菰里，四周寂静无声。作者运用春云、菰、雁群三个要素，构成一个电影镜头，画面是动态的，再由动态进入静态，定格成一幅优美的风景画，充满着稳定、充实、自在、丰润的情趣，也飘溢着几许淡淡的春愁。

北原白秋

かくまでも　黒くかなしき　色やある　わが思ふひと
の　春のまなざし

如许明眸含情脉脉，
把几分哀怨诉说。
是我思念的人儿，
那一段春心秋波。

北原白秋（1885—1942）

明治末期、大正初期的诗人、歌人、童谣作家。其诗集《邪宗门》《回忆》带着浓烈的官能性的色彩和世纪末的颓唐美，倡导唯美主义文学，奠定了近代象征派代表诗人的地位。歌集有《桐花》《云母集》《观相之秋》《溪流唱》等。

收于大正二年（1913）出版的歌集《桐花》。白秋对短歌的理解是"在不自由中享受自由，在定型中忘情游玩的心情实在别有风味"。（《以后》）他的作品荡动着优美流畅的节奏，红色、淡紫、黄色、淡蓝、雪白等鲜艳的色彩抒发着新鲜的感觉，以感官解放的情绪体验都市情调和田园风景，将近代的美妙气氛融进古老的形式，诉说青年多愁善感的哀怨情绪，绮丽生动的语言传递着灵肉对爱情的颤动。还有这样的和歌："想起莪菜花香味的时候，便是你摄人魂魄的，蓝色目光。"

北原白秋

すみれ さ　はる ゆめどの　ひ　いしきだ め　かわ
菫 咲く　春は夢殿　日おもてを　石 段の目に　乾く

はにつち
埴 土

梦殿春开堇菜妍，
石阶缝里赤土干。

梦殿是法隆寺东院奉祀圣德太子的金堂，为飞鸟时代的代表性建筑。作者通过阳光照射的石阶、石缝里干燥的赤黄色泥土这些细腻的感觉，抒发对古都奈良美丽的春天的赞美心情。他的歌风原先富有秾艳的异国情调和唯美情趣，后渐趋东方情调的枯淡，秀雅清逸。

北原白秋

春の鳥　な　鳴きそ鳴きそ　あかあかと　外の面の草
に　日の入る夕

春天的鸟儿,
莫啼叫,莫啼叫哟!
坠落的夕阳,
染红外面的草原。

＊赏析

　　白秋的短歌流淌着令人陶醉的青春的浪漫和淡淡的哀愁，那温和的语感、柔美的音调尽管如春天小鸟的婉转，却透出一抹心灵的哀伤。鸟儿啊，莫啼叫，这急切的呼唤激昂着青春的波动，这种情绪在夕阳染红的窗外草原上荡漾着余韵。夕阳坠落，暮色降临，恼人的春日荫翳在年轻人躁动的心灵里投下惆怅的思绪。

若
山
牧
水

山 ねむる　山 のふもとに　海 ねむる　かなしき 春
の　国 を 旅 ゆく

山正眠海正眠，

伤春地偕君行。

若山牧水（1885—1928）

学生时开始创作短歌，提倡自然主义，在明治时期与前田夕暮形成短
歌的"夕暮、牧水时代"。他的自然主义带着浪漫的抒情风格，多有
破格调，因此成为后来自由律新短歌运动的先驱者。大正时期回到严
谨的定型，以平淡的写实展开自然派歌人的纯粹境界。著有《海之声》
《别离》等十五部歌集。

此歌题云："余偕一女子共渡安房水，日夜在伊身旁歌唱。时明治四十年初春。"牧水在早稻田大学读书时，结识美貌女郎园田小枝子，热恋五年后分手。这次恋爱使牧水陷入极大的痛苦，终日满怀忧愁地徜徉于山海溪谷，同时学会了借酒浇愁，也留下青春哀歌的珠玑名篇。

若
山
牧
水

なやましき　匂（にお）ひなりけり　わがさびしさの　深（ふか）きか
げより　鰭（ひれ）ふりて来る

恼人的气息，
从我寂寞的深处，
摆动鳍游来。

　　牧水的歌是爱情、酒、羁旅的结晶，失恋的哀伤与孤旅的寂寞的相互渗透。荡漾着哀愁的浪漫情怀诉说着青春期的躁动和烦恼，清纯的感伤充溢着旺盛的生命活力，显示着近代新抒情诗的方向。"一片冰心似流水，因贫也有浑浊时"，时常自暴自弃，甚至精神濒临崩溃的边缘。他直率地倾吐窒息于内心深处的苦水，流泻着阴暗抑郁的旋律，从非日常性的现实中发现近代的悲哀，以口语化的破格调承载苦涩忧郁的心灵。这固然表示牧水对传统短歌形式的怀疑，更主要是非如此无法一消胸中块垒而不能顾及形式的创作需要，是苦闷的象征、精神危机的表露。

若山牧水

瀬々走る　やまめうぐひの　うろくづの　美しき　花
ざくら花

溪流水清浅，
真鳟石斑锦鳞美，
山樱春花妍。

*赏析

　　牧水晚年居住在沼津市千本松原。曾去天城山麓的汤岛温泉旅行，见山坡上山樱开成一片，嫣红娇丽，便每天吟咏以山樱为题材的短歌。这些连作成为牧水晚年的代表作。这是其中的一首。真鳟、石斑鱼都是栖息在清澈溪流里的鱼。作者通过春天的鱼之美烘托樱花之美。牧水早期的短歌表现精神的迷惘和不安定，吐露苦恼孤寂的情绪，晚年从颓唐的迷惘恢复内省的平静，以朗阔柔和的"牧水调"表明他作为自然主义流派的叙景歌人已经臻于圆熟。

若山牧水

<ruby>白鳥<rt>しらとり</rt></ruby>は　<ruby>哀<rt>かな</rt></ruby>しからずや　<ruby>空<rt>そら</rt></ruby>の<ruby>青<rt>あお</rt></ruby>　<ruby>海<rt>うみ</rt></ruby>のあをにも　<ruby>染<rt>そ</rt></ruby>まずただよふ

白鸥可悲哀？
海天湛蓝皆不染，
独在浪上漂。

此歌作于明治四十年（1907）十月至十一月，但发表时放在早春的组歌里。当时作者正与园田小枝子热恋。此处的"白鸟"，不是天鹅，应是海鸥，白色羽毛的海鸥。白鸥啊，你难道不觉得悲哀吗？湛蓝的天空、青碧的大海，你都没有沾染上一点颜色，却独自在波浪上漂荡着。这是赞美白鸥的纯洁，尽管海天一色也是清纯的美丽，但海鸥依然保持着自身的洁白，一尘不染。然而这种清高只能使自己在波浪上漂荡不定，没有明确的目标，感受孤高的寂寞。这里的白鸥是作者的自喻，作者从中发现自己的身影，是难以捕捉的憧憬、梦想、烦恼的象征。但也有人认为白鸥比喻牧水的恋人小枝子。

若
山
牧
水

<ruby>針<rt>はり</rt></ruby> のみみ　それよりちさき　<ruby>火<rt>ひ</rt></ruby>の<ruby>色<rt>いろ</rt>の　<ruby>毒<ruby>花<ruby>咲<rt>どくばなさ</rt></ruby></ruby></ruby>く
は　<ruby>誰<rt>だれ</rt></ruby>が　<ruby>唇<rt>くちびる</rt></ruby> ぞ

比针眼还小，
绽放火色的毒花，
是谁的嘴唇？

"火色"，火一般的红色，火红色。作者运用奇特的比喻，将年轻女子的嘴唇比喻成比针眼还小的、绽放着火红色的毒花。"比针眼还小"，以极其夸张的手法形容嘴唇之小巧，但也有人认为以针眼形容嘴唇不合理，应是形容毒花。这样的小嘴唇极其可爱、极其妖艳、极其诱人，却又极其危险。这里的女子是否指的是自己的恋人，见解不一。

古泉千樫

<ruby>貧<rt>まず</rt></ruby>しさに　<ruby>堪<rt>た</rt></ruby>へつつおもふ　ふるさとは　<ruby>柑類<rt>かうるゐ</rt></ruby>の　<ruby>花<rt>はな</rt></ruby>　いまか<ruby>咲<rt>さ</rt></ruby>くらむ

忍受贫困思故乡，

此时柑橘可开花？

古泉千樫（1886—1927）

《阿罗罗木》同人，任编辑，曾出席森鸥外的观潮楼歌会。大正十三年（1924）参加创刊《日光》。歌风以写生为基调，多表现自然、现实生活的题材。著有歌集《河边》《屋上的土》《青牛集》等。

﹡赏析

此歌是组歌《暮春》之一。千樫一生穷困潦倒，当时他居住在一个大杂院里，忍受着贫困的折磨。春天来临，他忽然想起家乡那郁郁葱葱的柑橘树，觉得这时候该开花了。眼前浮现出那白色小花的幻影，仿佛能闻到淡淡的清香和泥土的气息。他吟咏贫困的短歌还有如"钱包唯有一铜币，放在手上去澡堂"等。

石川啄木

はたらけど　はたらけど猶（なお）　わが生活　楽（らく）にならざり　ぢつと手（て）を見（み）る

干活、干活、拼命干活，
日子依然穷苦，
无言独对双手。

石川啄木（1886—1912）

生于岩手县的贫穷农村，终生漂泊放浪，贫困交加。他的短歌将眼睛投向现实生活，思考国家、民族、社会问题，开拓出生活派的短歌新路。其短歌提出了生命、社会、人生三大命题，显示出吟咏疾病、贫困、家族题材的定型特色。啄木为了适应表现社会题材的需要，主张内容和形式的自由，所以使用现代语言创作三行形式的短歌，以此体现时代的精神。二十六年生命中，留下许多短歌、诗歌、小说、评论、日记、随笔、书简，但三行体的短歌是他文学创作的顶峰。

＊赏析

啄木一生颠沛流离、贫病交加，婚后为维持一家五口的生活，一边在北海道各地辛苦奔波，一边创作短歌、小说等。明治四十一年（1908）到东京，试图以文谋生，结果失败。一天到晚拼命干活，依然穷愁潦倒，无法将寄居在函馆朋友家里的母亲、妻子和子女接来，心里异常焦虑。明治四十三年（1910）出版歌集《一握砂》，明确标榜以自然主义的态度创作短歌。《一握砂》是啄木在都市生活的情绪写照，他怀念故乡的山水和师友，哀悼夭折的儿子，吐露生活重压下的哀叹和愤懑，同时也怨恨社会的不公，逐渐显露出对社会的深刻认识。"有工作，心情舒畅；干完活，便想死去。""夏天已到来，渗入虫牙含漱药，早晨喜心怀。"

"无灯无火独闭户，壁中双亲扶杖出。"他想象着父母等待儿子前来把他们接到东京的急切心情，但儿子住在连电灯都没有的小屋里，悲哀忧伤地凝视着墙壁，想象父母出现的幻影。

石川啄木

<ruby>肺<rt>はい</rt></ruby>を<ruby>病<rt>や</rt></ruby>む　<ruby>極道地主<rt>ごくどうじぬし</rt></ruby>の　<ruby>総領<rt>そうりょう</rt></ruby>の　よめとりの<ruby>日<rt>ひ</rt></ruby>の　<ruby>春<rt>はる</rt></ruby>の<ruby>雷<rt>らい</rt></ruby>かな

狠毒地主家，
肺病长子娶媳妇，
那天响春雷。

＊赏析

对这首短歌中"患肺病"的人有两种理解：一种认为是地主，另一种认为是地主的长子。如是前者，则意思为：地主因自己患肺病，知道来日无多，急忙给长子办婚事，以便其继承家业。如是后者，则意思为：地主在乡间仗势欺人，作威作福，连患肺病的儿子都让他娶上媳妇。因为在当时，肺病几乎是不治之症。这首短歌表现作者的叛逆精神。明治大正时期，地主是农村的统治者，为富不仁，为非作歹，掌握着农民的命运，啄木对这种凶狠恶毒的地主表现出极大的憎恨，这种心情与春雷的响声相呼应。

吉井勇

すかんぼの　茎の味こそ　忘られねい　とけなき日の　もののかなしみ

酸模草茎味难忘，
少年时光亦悲伤。

吉井勇（1886—1960）

大正、昭和时期歌人、剧作家。出生于伯爵家庭。明治四十一年（1908）与北原白秋、木下杢太郎等成立"潘神会"，成为唯美派的据点。歌风颓唐哀艳，缺少近代感。大正十五年（1926）年，其父死去，他继承爵位。日本发动侵略战争期间，他写过一些歌颂战争的短歌，但更多的是对战时生活艰辛的哀叹。他还创作小说、评论、歌谣等。主要歌集有《鹦鹉杯》《残梦》《形影抄》等。

＊赏析

　　选自《祝酒》。作者的父亲是旧华族，由于事业上受挫折，致使作为儿子的他过着清贫的生活，负债累累，却又耽于酒色，导致他的短歌开放出颓唐妖红之花。明治四十三年（1910）出版的处女歌集《祝酒》是他偎红倚翠、纸醉金迷的感受记录，歌集的出版使他一举成名。"海潮荡着，春的气息，鱼儿眠在珊瑚树，那淡红的枝头。""乐极悲亦极，两人又沉醉。""我爱女人胜过酒，我爱鸦片胜女人，难道我成此种人？"短歌中随处掺杂着外文，把日本的传统意趣与西欧的浪漫情调浓密地混合在一起，唱出都市人的忧伤，在近代社会中发现传统的异化、人的气息的稀薄，却带着美丽的色光多层次地涂抹唯美主义的色彩，在沉沦的享乐中流露青春的哀欢，在放浪形骸的酒色沉迷中品味孤独阴暗的心态，总是笼罩着乐极生悲的阴翳，在明治末期的歌坛显示着追求享乐的颓废性和异国情趣的怪诞性，成为近代歌坛颓废派文学的先驱。吉井勇站在反浪漫主义和反自然主义的立场探索短歌的出路，然而是通过官能的解放确立人性独立的基础，这是对自然主义的人性的误解，结果走进了死胡同。

中村宪吉

日の暮れの　雨 ふかくなりし　比叡寺　四方結界
に　鐘を鳴らさぬ

雨暗山色深，
四方结界比睿寺，
不闻暮钟声。

中村宪吉（1889—1934）

《阿罗罗木》同人。曾任《大阪每日新闻》经济部记者，后回家乡经营
酿酒业。他始终运用写生手法，歌风具有鲜明的近代都市感觉。著有歌
集《马铃薯之花》(与岛木赤彦合著)《林泉集》《堰水栅》《轻雷集》等。

★ 赏析

此歌题为《雨山慕情》，是组歌《比睿山》之一。小序云："阴历三月十一日，天犹寒，二人从白河口沿道登上。"这是指宪吉和平福百穗一起去比睿山参加传教大师最澄诞生一千一百周年的大法会。"结界"是圈围在寺院四周的界线，禁止外人进入，妨碍佛道修行。雨水降落在巨树上，静谧山间暮色深，听不见僧侣傍晚撞钟的声音，整个比睿山已化成一片寂静。比睿山自古规定不鸣钟鼓。早春寒雨暮色中的比睿山如一幅散发着幽邃缥缈气氛的水墨画，雨水像墨汁一样晕染着山峰，在没有钟声的静谧中呈现出佛界净域的岑寂。

风雅和歌：春苑桃花红

播讲人 | 陈修齐（日本文学硕士、日语译者）

图书在版编目（CIP）数据

春苑桃花红 / 郑民钦编著. —北京：现代出版社，2020.5
（风雅和歌系列）

ISBN 978-7-5143-7710-1

Ⅰ. ①春…　Ⅱ. ①郑　Ⅲ. ①和歌—诗集—日本—古代
Ⅳ. ①I313.22

中国版本图书馆CIP数据核字（2019）第265707号

春苑桃花红

作　　者：郑民钦
责任编辑：申　晶　朱文婷
出版发行：现代出版社
通讯地址：北京市安定门外安华里504号
邮政编码：100011
电　　话：010-64267325　64245264（传真）
网　　址：www.1980xd.com
电子邮箱：xiandai@vip.sina.com
印　　刷：北京瑞禾彩色印刷有限公司

字　　数：119千字
开　　本：880mm×1230mm　1/32
印　　张：7
版　　次：2020年5月第1版
印　　次：2020年5月第1次印刷
书　　号：ISBN 978-7-5143-7710-1
定　　价：56.00元

有诗
打开世界的边界

风雅和歌系列

《春苑桃花红》

《夏野芳草碧》

《漫山秋色浓》

《寒冬雨意遥》

日本人的"诗经"，写尽大和民族的传统、美学

有诗

打开世界的边界

风雅俳句系列

《行走春夜里》

《初夏谒日光》

《正是麦秋时》

《初冬小阳春》

世界上最短的诗，日本人的心之风景

有诗°
打开世界的边界

"俳圣"松尾芭蕉文集

《奥州小道》

与《源氏物语》齐名，流传数百年的日本古典文学瑰宝